爱是温暖的花开

佟易城　著

華文出版社
SINO-CULTURE PRESS

图书在版编目（CIP）数据

爱是温暖的花开 / 佟易城著. —北京：华文出版社，(2019.1重印)

ISBN 978-7-5075-4703-0

Ⅰ. ①爱… Ⅱ. ①佟… Ⅲ. ①故事–作品集–中国–当代 Ⅳ. ①I247.81

中国版本图书馆 CIP 数据核字（2017）第 123037 号

爱是温暖的花开

作　　者：佟易城
责任编辑：杨　宁
出版发行：华文出版社
社　　址：北京市西城区广安门外大街 305 号 8 区 2 号楼
邮政编码：100055
投稿信箱：kaiyu118@163.com
电　　话：总编室 010-58336239　责任编辑 010-58336258
发行部 010-58336270
经　　销：新华书店
印　　刷：三河市祥宏印务有限公司
开　　本：710×1000　16开
印　　张：9.75
字　　数：200 千字
版　　次：2017年7月第 1 版
印　　次：2019年1月第 5 次印刷
标准书号：ISBN 978-7-5075-4703-0
定　　价：36.00 元

谨以此书献给我亲爱的母亲，

感谢她给了我生命、爱与信仰！

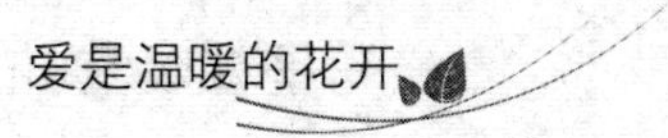

因为你在，所以我来

我们从哪里来
我们要到哪里去
在岁月的征程中
我们看不见自己的样子
也很少想这个问题

我们艰难跋涉
风霜泪眼
月冷难眠
我们找遍了世间所有的快乐
美味，美景，名利
还有好像可以永久栖息的港湾

但是
欢歌之后仍是寂寞
醉酒之后一样折磨
我们不停地找
不停地纠缠
不停地失望
到底谁是我们的答案

到底谁是我们的家园
我们受够了那些苦
我们像流离失所的孩子
坐在街头，无助，难过
突然有一天
我们看到一盏灯
那是心灵放出的光亮
我们忍不住泪如雨下
每一滴都是委屈
每一滴也是惊喜
在泪眼中我们仿佛看到了那条熟悉的路
那就是回家的路啊
让我们辛苦找了多年
也找了不知多少世

从此
我们不再孤单
也不再彷徨
因为我们心中有那个光亮
脚下有回家的路
我们不再用那些漂亮的衣服装点自己
也不再用那些瑰丽的词汇来写诗
因为那些不是真实的自己
我们的心比什么都漂亮

比什么都优美

我们越来越自信
越来越喜悦
越来越满足
我们不再奢求“面朝大海，春暖花开”的感觉
因为我们的心就是最美丽的那片海
我们越来越善良
越来越平和
越来越能在别人的眼里看到美丽的世界
我们在冬天也能看到花开
我们在灰暗的天气里也能看到云彩
我们不再拒绝这个世界
我们喜欢主动地靠近别人
我们给沮丧的人带去高远的天空
我们给绝望的人铺平一条回头的路
并怀着所有的爱
温柔地对她说
因为你在，所以我来

目 录

不是每段生命的渡口，都有承载命运的船

人生就是一场漂泊之旅，路上要经历山万座，水千条。翻过这万座山，趟过这千条水，我们才会抵达幸福的彼岸。但是，不是每段生命的渡口，都有承载命运的船。很多时候，我们身心疲惫，到达渡口的时候，渡口空无一人，更无船只，让我们倍感凄凉。人生常常是这样，我们不能在这时嗟叹抱怨，我们要做的是，要么学会等待，等待承载命运的船只出现；要么继续前行，寻找下一个渡口。在千帆过尽后仍存希望，在等待的光阴里学会自度，我们最终就会等来那只属于自己的命运之船，送我们到彼岸。

错过如花的岁月，你会走进成熟的季节

我在咨询中经常会听到，咨询者后悔自己曾经错过美丽的青春或美好的年华。可能会因为打拼事业而耽误了爱情，可能会因为贪于玩耍而没有成就，也可能会因为际遇某一人而荒废了青春，蹉跎了岁月，伤透了情怀。是我们不谙世事还是交友不慎？是命运不公还是苍天无眼？其实，仔细想来，是，也不是。是，我们的确经历了我们不想要的一切；不是，

这一切是我们生命必须要经历的，我们躲不过、逃不掉，它们是我们生命的组成部分，就像跑完马拉松全程而不能拒绝那段煎熬的上坡路，也像吃完三个饼才饱而不能拒绝吃前两个。我们经历的一切都有意义，它来到我们的生命中，目的是来告诉我们某个道理的。荒废了的，告诉我们精进；蹉跎了的，告诉我们珍惜；轻率决定的，告诉我们慎重；百般折磨的，告诉我们坚强。

任何经历都是礼物，可能包装不会个个好看，但只要你勇敢地打开它，就会收获人生的惊喜。人生没有真的错过，只有经历。就像错过彩虹，你会收获满天的星光；错过如花的岁月，你会走进成熟的季节。

爱是点滴的留心与在意

我由于经常出差，早餐基本上都在酒店吃自助餐。自助餐方便，可以自由选择自己想吃的东西。不过，虽然自由，但这是大家的自助餐，不是你一个人的，所以在自由选择的时候要考虑其他就餐的人。经常会看见这样的情景，有人喜欢吃西瓜，就单独拣了一大盘西瓜；有人喜欢喝酸奶，就拿四五罐酸奶。他们几乎把自己想吃的给拿光了，而不考虑后面还有很多人要就餐。

点滴的细节与举动，会反映出一个人的素养，更能反映出一个人有没有爱别人的能力。自助餐看似免费，这给那些有贪欲的人提供了舞台，他们在这个舞台上所表演的都是自私自利的剧情。餐品不可能应有尽有、取之不尽，你多吃多占，后来的人就吃不到。爱是点滴的留心与在意，在生活的每一个细节上，我们都该反省自己的行为，看看是否合乎众生的利益，这样我们才会心安理得。

点亮你心中的光

一个牧师在三十多年内聆听了无数人的忏悔，得出两个结论：一是人们远比想象中的要更不快乐；二是人世间没有一个完全成长好的人。

我虽没有经常聆听别人的忏悔，但却有机会经常聆听别人的故事。这里面有烦恼、迷茫、痛苦甚至绝望，这会带我经常走入思考中。

每个人都有那么多的困惑和挣扎，甚至一时间找不到光明与出路。有人因失恋而撕心裂肺，有人因离婚而灰心沮丧，有人因家庭矛盾而疲惫不堪，有人因事业挫折而陷入低谷，有人因逃避现实而远走他乡，有人因遭遇欺骗而丧失对人的信任，有人因身体受伤而对前途失去信心。林林总总，虽各有不同，但都是身处迷惘、苦闷、孤独与挣扎中，让我听后产生了深深的同情与悲悯。因为我也同样经历过这其中的一部分，很理解当事人那时的心境和滋味，常常在内心里涌起拯救别人的愿望，但随着不断地自我成长，才觉得自己的幼稚与可笑，我们谁也不可能成为救世主，生命的救赎只能靠自己。

当然，在我们身陷孤独与寒冷的黑夜时，是需要别人的温暖的，鼓励、支持、陪伴、安慰、提醒，这些帮助会使一个人更好地走出寒夜。

在你人生境遇的寒夜中，我愿是一盏小小的灯，陪伴你，给你一点温暖，为你照一下眼前的路，让你不再寒冷、孤单和迷茫。

但请你记住印度哲人克里希那穆提说过的一句话，他说："生活的改变来源于心灵的变化，心灵的变化要靠片刻的觉悟，片刻的觉悟要靠智慧的获得，而智慧的获得则依赖于对自我的怀疑、批判与认识。人生唯一重要的是点亮你自己心中的光，用自己的光来照亮自己。"

早日点亮自己心中的光吧，来照耀你无畏又幸福的前程！

不必优于别人，而要优于从前的自己

昨天收到了几个学生、志愿者和微信朋友的留言，一个说他人生中第一次捐款（一元），一个说他人生中第一次做功课（诵经），一个说她人生中第一次学会反省（不再抱怨婆婆），一个说她第一次忍住不看黄色图片。

看到这些留言，我都会给予简短的回复，赞美和鼓励他们，让他们加油！

对于老志愿者来说，捐一千元都是轻松平常的事，但对于一个从来没有捐过钱的人来说，意义是非凡的。

学佛多年的老同修，一天能做功课七八个小时，但对于一个从没有做过功课的人来说，能够完整诵一部《心经》都是值得大为赞叹的。

对于一个处处能够反观自己的人来说，反思是家常便饭，但对于一个从来喜欢抱怨别人的人，能够反思自己是人生重要的里程碑。

对于一个持戒严谨的人，不看黄色图片根本就不是问题，不需要克制，连想都不想，但对于一个长期纵欲的人，能够克制住不看这些东西，实在是难得。

这一比较我们就会明白，同样一件事情，对某人是小菜一碟，而对另一个人可能就要用生命所有的勇气去完成。所以，我们对人的成长不要用一个尺度衡量，鼓励别人迈出怯懦的一小步，都是菩萨心肠的大慈悲。

另外，作为成长中的每个人，一定要记得：我们不必去急着优于别人，而是要优于从前的自己。

心眼大点儿；更有爱心一点；自己能够安心独处了一点；看谁都喜悦了一点；功课多做了一点；谦卑了一点；虚荣减少了一点等等。总之，只要你在内心中能够品尝到那份切实的成长的喜悦，你都该庆祝，因为优于从前的自己，是你迈向成功人生的重要一步。加油！

心安定了，生活便处处安定

一个学生在前年面临各种危机：事业陷入低谷，家庭面临解体，孩子叛逆严重，她的身体也患了很多疾病。

她找我咨询，我没有给她什么具体的方法，只是跟她分享了一个现象：一杯浑水越搅越浑，想让水清澈，只有安定下来，让水沉淀，一段时间后水自然清澈。

她有慧根，很快明白了这个道理，开始学佛，修心，也参加了几次禅修和内观的课程。一年多下来，也不想离婚了，孩子和她相处也融洽了，事业也开始有了些好转，她身体的疾病都好了。更重要的是，她的心态平和了，内心充满了智慧。两年前那个焦虑恐惧的她完全变了，现在她安静、喜悦，脸上布满了微笑，内心有了力量。

同样是她，两年之间外在的东西没看出来增减多少，但是她的内心变化太大了。心念变了，有了智慧，把握生命的能力增强了。

中国有句古话："世上本无事，庸人自扰之。"纷纷扰扰不是事情难办、繁多，而是我们的内心没有智慧，安定不下来。只要心一安定下来，你的生活便处处都安定了。试试看！

生命的绿洲往往是在最坚韧的跋涉后发现的

我喜欢唐僧西天取经的故事，不是小说和电视剧，而是真实的玄奘西天取经的故事。他诚心向佛，西行取经途中，遭遇千难万险，多次生命垂危，但玄奘不放弃，咬牙挺到呼吸即将停止的那一刻。令人惊奇的是，往往就在那一刻，转机出现，玄奘得救，他又能为自己的理想而前行了。玄奘是我最佩服的中国人之一，他也是中华民族自强不屈的光辉典范，玄奘和六祖惠能一并成为对中国佛教贡献最大的两个人。

我有过长途跋涉的经历，饥饿、疲惫、疼痛以及对未知前途的恐惧，会让我偶尔动摇，但心中的希望，不泯的意志，会激发出无限坚韧的力量来，支撑着我咬牙前进。在已经疲惫不堪的情况下，仍然会再跋涉10里，20里，甚至50里，生命的绿洲往往就是这样被最后发现的，可惜很多人都倒在了这最后一段跋涉的途中，他们不是被困难所打倒，而是被自己内心的绝望吓倒。人生的修行和事业的成功，都需要这种永不绝望永不放弃的坚韧跋涉精神，只要你心存希望和梦想，生命的绿洲就会在不远的天边出现。

你感受到的幸福很可能对别人是痛苦

坐长途大巴的时候，我很喜欢那种颠簸感，忽上忽下的，很爽很刺激。但这时会常常发现那些晕车的人在呕吐、受罪。于是，心又不忍起来。想想人生就是这样，同样是坐车，你感受到的是刺激、快感、有趣，而晕车的人感受到的却是痛苦、无助和煎熬。

我们很容易陷入这种自以为是的幸福中，而体验和顾及不到别人的感受。我们吃得很香的食物，可能会让别人恶心；我们喜欢向人推荐的音乐，别人听起来可能是噪音；你大谈特谈的成功之道，对自卑者可能是嘲笑；你津津乐道的帮助，对不需要的人可能是冒犯；你狂欢乐翻天的迪厅，是心脏不好的人的地狱；令你心情欢畅的花海，对花粉过敏者就是毒气。人由于我执，很容易陷入自我中心的感觉中，而不能切实体会他人的需要和感觉，从而造成人世间那么多的误会和痛苦。

悲痛和怨恨会困住你的心

曼德拉曾被关押27年，受尽虐待。他就任总统时，邀请了三名曾虐待过他的看守到场。当曼德拉起身恭敬地向看守致敬时，在场的所有人乃至整个世界都静了下来。他说："当我走出囚室，迈过通往自由的监狱大门时，我已经清楚，自己若不能把悲痛与怨恨留在身后，那么我仍在狱中！"

很多人向我倾诉他们的悲痛与怨恨，我很理解和同情他们眼下的遭遇。我除了要给他们提供一些安慰和建议外，还会常常告诉他们要宽容和放下。我在咨询中发现，人生的绝大多数烦恼与痛苦，都是心量还不够大的缘故。就像曼德拉，如果他心量不大，当上总统后，就会想尽办法去报复那些关押和虐待他的人，但他选择了宽容和放下，他的这些品质让他赢得了世人的爱戴和尊重。向伟大的南非之子曼德拉学习吧，记住：监狱可以困住一个人的身体，但悲痛与怨恨却能困住一个人的心！

停留在昨夜的噩梦里，
就会失去今天的幸福

再有能力的人，也无法改变已经发生了的事情。但聪明的人却懂得，既然改变不了事情，却可以改变这个事情对自己的影响。人既可以因为失恋或离婚而记恨别人一辈子，让自己在痛恨和悲愤中度过一生；也可以痛苦一时而放过对方，让自己有机会重获生活的美好和再遇真爱的可能。放过别人，就等于放过自己；记恨别人，就等于为难自己。给不给解放和重生的机会，关键看自己怎么想、怎么做。记住：醒来还停留在昨夜噩梦的痛苦和纠缠中，就会失去今天的幸福！

最先道歉的人最勇敢，
最先放下的人最幸福

昨天有两个人在微信上向我倾诉他们的烦恼，一个是和同事发生摩擦，一个是和朋友产生误会。我都用上面题目的那句话来劝解他们。人与人难免发生争执、误会、摩擦，有了这些不可怕，关键看之后如何解决。其实，到后来人们争执的常常不是事情本身，而是态度和尊严。

生活中我发现，越是内心虚弱的人，就越是计较别人的态度，越是看重自己的面子。这样的人难以很快走出事故的阴影，

也难以放下对别人的抱怨和记恨。表面上看，这样做是为了维护自己的尊严，实际上，这不但会让事情得不到解决，也同时苦了自己的内心。退一步海阔天空，内心真正强大的人，是勇于最先道歉的，这样的人不但看重别人的尊严，也必将最终赢得对方的尊重。另外，这个最先道歉的人，也最早放下，只有放下的人，才能得到解脱与幸福。

说和做的四种境界

歌曲《步步高》中有句歌词叫“说到不如做到，要做就做最好”,谈到了说与做的关系,也道出了人们对于说与做的期待。谈到说与做的关系，我把它分为四种境界：

一是说了不做。这种人习惯口头承诺，然后忘记或不履行诺言，做事虎头蛇尾，让人难以相信，更难以赋予重任。我把这种境界的人叫不靠谱。

二是说了能做。这种人能够兑现承诺，甚至一诺千金，履行诺言可能迟些但最终完成，有的甚至要想尽办法排除万难。我把这种境界的人叫靠谱。

三是做了才说。这种人重视行动，不轻易承诺，习惯用行动来说明问题，做事情喜欢做了之后才告诉对方。这种人为人踏实、厚道，特别值得信赖。我把这种境界的人叫成熟又靠谱。

四是做了不说。这是说与做的最高境界，到了这个境界的人，做事主动自觉，能够细致体察对方的感受与需要，然后默默帮助，不出声，不邀功，无私奉献，无我而为。我把这种境界的人叫大爱大行。

说与做，从低到高的四种境界，反映了一个人为人做事的风格，我们应该摒弃第一种境界，起码做到第二种境界，习惯于第三种境界，最后争取做第四种境界，让自己的人生提升到无我大爱的境地……

把羡慕、嫉妒、恨，变成祝福、学习、改变

羡慕人家魔鬼身材，你不知道人家面对美食的诱惑时自制力有多坚强；嫉妒人家高学历，你不知道人家点灯熬油啃书本熬过了多少通宵；恨人家成功、有钱、开好车，你不知道人家吃了多少苦、流了多少汗、白了多少头发。别没有好气地羡慕、嫉妒、恨，要多想想人家成功所付出的艰辛，这样你就会有动力去学习、改变，在祝福别人的同时，你也可能最终赢得别人的羡慕和尊重。

微笑，是心灵的花朵，也是温暖的布施

我经常出差，经常要问路和打听事情，遇见过无数个热心的人，也遇见过无数个冷漠的人。有的人只说一句冷冷的“不知道”；有的人很不耐烦地摇头；有的人默不作声，仿佛看不见

你的存在。我想，谁也不可能什么都知道，哪条路、哪个地方，不知道很正常，但可不可以不是冷冷地答复，而是给别人一个微笑，然后说："抱歉，我不知道，你可以再去问问别人。"

一个微笑只是一瞬间，却足以表达你的善意与友好，即使给不了对方想要的答案，却能给陌生人一个安慰。微笑，是心灵的花朵，盛开在你的脸上，却能让别人闻见芳香。微笑是最容易做到的布施，我们不求这个布施的功德，但它的意义却是众生的温暖。学会微笑吧！

心情就是风景

一对夫妻期待了好多年，要去一个风光美丽的地方旅游。两人准备得很充分，高兴地踏上了旅途。在旅途中因一件小事，两人发生分歧，闹得很不愉快，但谁也不愿意妥协，就这样僵持着继续旅行。因为这次行程是两人许久的心愿和承诺，所以，谁也没有提出放弃，这样最终到达了目的地，完成了整个旅程。但是过后，两人都说几乎没有看到什么风景，想起来整个旅程都是灰暗的，还没有平时在附近公园散步时看见的风景美丽和获得的心情愉悦。

他们去的地方是著名的风景区，为什么会让他俩都感到灰暗呢？原因在于心情。心里别扭就会扭曲风景，心里不悦就会暗淡于眼中的一切。花还是那样绽放，可是你没有心情的时候，你就难以看见它娇艳的模样，闻到它迷人的芳香。水还是那样流淌，可是你没有心情的时候，你就难以看见它荡漾的波纹，听到它流动的声响。风景还是那个风景，但我们心情不同，看到的景色就会不一样。就像很多人去一个风景区旅游，回来对这个景区的感受和评价会不一样。我们常常可以从他们的照片里看出这种不同来，有的人即使在经典的景色里也看不出有怎样的兴奋，而有的人却能在寻常的花草中感受到欣喜。

佛教里说："一切唯心造"，就是说存什么样的心念，就会造就什么样的境地。无论是旅游还是生活，这个道理都一样。你的心情怎样，眼前的风景就怎样。你缔结的心念如何，你生活的结局就会如何。要想让旅行中的风景美丽起来，就先让自己的心情亮丽吧；要想让自己的生命美丽，就先让自己的心情多彩而充实吧！

挣钱的四种境界

很多学生问我：我们挣钱都为了什么？我说，每个人都不一样。这里，我想跟学生们和企业家们一同探讨我们挣钱的目的和意义。

我把挣钱分为四种境界：

第一，为了温饱、生活和责任。这个阶段，挣钱不会考虑太多，只为了满足生活所需，也为了承担养家糊口的责任。

第二，为了满足虚荣心。有了基本的生活保障之后，很多人就到了这个阶段，挣钱是为了比周围的人生活好，开名车，住豪宅，赢得大家的"尊重"，满足自己的虚荣心。很多人一生都停留在这个境界里，不断追逐金钱，从而成了金钱的奴隶。

第三，实现自我价值。很多人走过第二阶段，挣钱不再是跟别人比较高低的手段，而是为了实现人生的自我价值，让生命更加丰富和饱满。这个阶段的人，挣钱的心态比较平和，也比较能够把握金钱与生命的关系。只有很少的人能够走进这个境界。

第四，为了众生的福祉。这个阶段的人，挣钱的目的不是为了自己，而是能让众生受益。这个目的才应该是人挣钱的最终目的，否则，挣钱不是堕入自私的享受，就是成为金钱的奴隶。合理合法地挣钱，不但是我们的责任，还能够为众生添福祉。我们鼓励这样的金钱观，也期待有更多的人和企业家最终成为这种追求的践行者，让这个世界和无限的众生，都能在这种金钱观的布施下，走向美好与圆满。

踉跄起步时，没有几个人相信自己优秀

无论你昨天有多么的不如意，今早能够醒来，就要把朝阳看作是对你的嘉许。人生没有失败，只有你失去了信心和勇气后的放弃。面对压力、困难、挫折，你不要在原地吃力地扛着，试着迈出坚强的一步，你会觉得，原来担子并没有想象的那么重。不堪重负，常常不是肩上的重量，而是心理的负担。勇敢地挑起你的人生吧，绝大多数的成功者都是被逼出来的，当年踉跄起步的时候，没有几个人相信自己会是那么优秀。努力吧，你行的！

额外的磨难终有报偿

我在灾区做志愿者的时候，遇见一个人，她是一个义工的朋友，找到我向我诉说了她的苦难：刚离婚，带一个孩子，没有工作，老公不管孩子的抚养费。看得出来她是几近绝望的状态。我们攀谈了两个小时，临别的时候我送给她一句话：“额外的磨难终有报偿！”后来她在陌生的城市生活了下来，虽然吃了很多苦，受了很多委屈，但她还是自强不息，最后有了自己的小生意，日子虽然不是很富裕，但总算安定了下来，她的心态也好了起来。去年感恩节，她给我寄来邮件，结尾说：“感谢老师的那句话，‘额外的磨难终有报偿’，我就是凭着这句话，一路坚强过来！”

爱与自由，一个也不能少

早晨在酒店外面散步，看见一只孔雀也在散步，我想跟它聊聊，它见我就走远了。看到孔雀悠闲自得的样子，我真为它高兴，同时也让我陷入了思考。我们对待动物的方式，应该是既给它们关爱，又给它们自由。不能漠视不管，也不能把它们锁在笼子里。

对待人是不是也要这样呢？幸福应该是爱与自由的双重奏，没有爱，人会感到孤单；没有自由，人会感到被桎梏。但现实的人有几个是幸福的呢？尤其在亲密关系中，在恋爱和婚姻关系里，人们不是缺少爱，就是缺少自由，很少有爱与自由都兼得和满足的人。由于人们缺乏把握这种关系的能力，很多人既渴望得到爱，又怕在爱中失去了自由。因此，所有渴望得到爱与亲密关系的人，都要学会把握爱与自由的智慧和能力，只有这样，你才有可能获得幸福。

感谢陪伴我们的人

人生本是一场灵魂漂泊的苦旅，路上虽然有很多人，但我们的心几乎无一例外地会时常感到孤独，心底最深沉的那扇窗只有自己能看见,眼里最酸楚的那滴泪只有自己品尝得最清楚。即使这样，我们仍然不能灰心和放弃。前路坎坷，我们要日夜兼程；旅途泥泞，我们要咬牙坚持。感谢那些路上陪伴我们的人吧，是他们在我们感到最黑暗的时候，给了我们一束温暖的光亮，在我们最痛苦的时候，帮我们擦去了眼角的那抹泪痕，让我们有力量收拾好心情，重新踏上旅程。

最惊喜的应该是你找到回家的路

读万卷书，行万里路，无非是想探索未知的世界和品味不同的人生。你越探索，就越会发现精彩不断。你在这种探索中增强了自己的勇气，也拓展了生命无限的可能性。你披荆斩棘，餐风饮露，风雨兼程，世界在你脚下，你感觉无所不能。不过，终有一天你会疲惫，你会迷茫，你会搞不懂自己到底想要什么。这时候，向外拓展不再是你人生的动力，你会转过身来找寻回家的路。这种迷茫中渴望的力量，会超过你从前所有向外探寻的动力。直到有一天，你眼前一亮，找到了那条回家的路，那条灵魂回家的路。

你生命中的每个人，要么是亲人，要么是老师

有人来到你的生命里，是来爱你的；有人来到你的生命里，是来给你上课的。来爱你的，是你的亲人；来给你上课的，是你的老师。亲人我们好理解，珍惜就是。关键是老师，有的老师性格好，和颜悦色，让你好欢喜。有的老师性格不好，态度严厉，甚至粗暴不可理喻。有的骂了我们，有的打了我们，有的罚了我们，让我们一时感到委屈、愤怒，直至感到受尽屈辱，受到伤害。但如果你最终得到了成长，你就会明白，每一个老师的出现都有意义，都是来帮助你那个还没有成长和觉醒的自己。没有人会无缘无故地出现在你的生命中，他们要么来爱你，帮你建立自信；要么来给你上课，教会你一些东西，帮你认识自己和成长。所以，从这个意义上看，你的人生没有敌人，除了亲人，就是老师，都值得你珍惜和感恩。

午夜日正红

半夜的时候，我们看不到太阳，但不代表太阳没有了，只说明我们居住的地球这边转到了太阳的背面，太阳的光照不到我们而已。太阳如如不动，还在那里照耀着。

我们时常也会有午夜里太阳不在了的错觉，不明白真相，搞得自己很痛苦。

被别人误解，会感觉自己的清白不见了，其实，你只要是清白的，它永远都在，不会因为有人误解就被玷污。

失恋了，感觉自己的心被抽走了，其实，你的心谁也抽不走，心被抽走只是你极度迷失的幻觉。

人生遭遇重大挫折，比如亲人逝去、生重病、事业彻底失败等，这时我们会感觉天都要塌下来了，其实，天塌不下来，这时往往是我们新生的开始，我们之所以痛苦、接受不了，是我们没有看到午夜又黑又冷的背面是阳光普照的事实。

走出午夜最好的方式，不是摸着黑瞎折腾，而是等待，等待黎明的到来。其实，只要你的心是觉悟的，午夜是午夜，也是黎明、白昼，因为你可以透过那颗觉悟的心在午夜里看见光明。

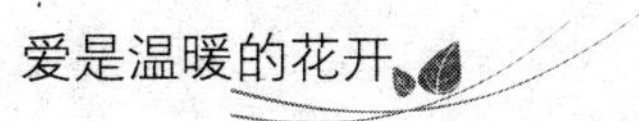

量大福大，后福无穷

一个朋友的亲属，合伙跟人家做生意，干不下去了，两人散伙时为分钱而发生争执。这个朋友的亲属要少给对方八万元，对方不干，就争执不下。后来对方恼羞成怒，两人见面时，把一瓶硫酸泼在了朋友亲属的脸上，造成他严重毁容。

我想这个朋友的亲属一定会是后悔莫及的，因为八万元自己毁了容，抱恨终身。

我们常说一句话，“退一步海阔天空”。这关键时刻的退一步，就是有修行，有心量。我们常常不想吃亏，往往最后却吃了大亏。

古圣先贤留下箴言：“量大福大，机深祸深。”“量”即心量，心量大福就大。何为心量大？《尚书》中有句话叫“有容，德乃大”，明朝兵部尚书袁可立根据这句话写了副自勉联叫“受益惟谦，有容乃大”，清朝禁烟英雄林则徐也写了一副对联叫“海纳百川，有容乃大；壁立千仞，无欲则刚”。这里说的“有容”，就是心量大的意思。心量大，德就大；德大，福就大，以致后福无穷。

所有的缘分都是礼物

任何一个缘分，都是有意义的，它根本上是帮助我们来发现自己的。从这个意义上讲，无论这个缘分带给我们的是欢喜还是痛苦，我们都可以这样认为，这个缘分对于我们的人生来说，就是一份难得的礼物。欢喜和痛苦只是这个礼物的包装，打开来，那个实实在在的发现，才是真正的礼物，这个礼物就是我们心灵的成长！

真正的强大是战胜自己

真正的强大不是你力大无比，而是你能够疼爱弱小；

真正的强大不是你能君临天下，而是你能谦卑待人；

真正的强大不是你有多少朋友,而是你宽恕了多少“敌人”；

真正的强大不是位高权重，而是你能放下虚荣；

真正的强大不是你拥有多少财富，而是你舍下了那颗贪婪的心；

真正的强大不是你追到了多少异性，而是你走出了那份执迷的情；

真正的强大不是你做了多少正确的事，而是你能为做错的事忏悔；

真正的强大不是你比别人多走了很远的路，而是你在路上学会了反省；

真正的强大不是你一生战胜了多少对手和强敌，而是你最终战胜了自己。

没有过不去的事，只有过不去的人

春节期间，我收到很多朋友反馈回来的惊喜。有人多年不跟父亲说话，春节回家主动给父亲买了礼物，父亲老泪纵横；有人一直埋怨母亲，母亲说了一句“我曾经做错了”，女儿顿时冰释前嫌。

世上本无事，庸人自扰之。我们总是期待山能够过来，却很少想到：山不过来，我们就过去，主动伸出手，命运就改变。

恭喜那些主动去改变命运的人，谢谢你们分享你们的喜悦！世上没有过不去的事，只有过不去的人。

阅尽沧桑不见怪，看惯是非总平和

刚开始出门旅游的时候，坐车只要听到有人说东北人不好，我就压不住，跟人家争执几句，替东北人说话，把气氛搞得紧张、尴尬，也让自己生气、动怒。

后来，我走的地方多了，眼界宽了，见识多了，再听到有人说东北人不好，就不再去辩解争执了，多数时候是笑一笑了之。如今，遇见这种情况，可能连笑一笑都没有了，基本做到如如不动。原因有三：第一，见识多了，你会发现，哪个地域都有优势、有劣势。第二，作为东北人，能不再被这种说法弄得自卑、烦恼。三，万法唯心造，每个人的立场、角度、阅历、见识和心性都不同，明白这个道理，就不会去怪罪人家了。

生活中我们发现，有人会因为一句话而大动干戈，有人会因为一点小事而弄得周围鸡犬不宁，有人会因为争论无聊的是非而僵持不下，这些都是没有阅历没有见识没有智慧的做法。

世间百态，人生百味，阅尽了沧桑，就见怪不怪了，也能在是是非非中心定神闲了。

所以，阅尽沧桑不见怪，看惯是非总平和，是一种修行的境地，也是对众生的一种慈悲。

烦恼，要么缺少足够的智慧，要么缺少足够的包容

由于职业的原因，我会经常接受别人的咨询，聆听他们的心事、烦恼。学习心理学和佛法以来，大小接触过几千个咨询个案，当事人的痛苦、烦恼引发了我强烈又深入的思考。烦恼和痛苦的原因，在佛法里解释为无明，就是缺少智慧，缺少解决这个烦恼的智慧。就像刚入学的小学生，学习加减乘除感觉怎么那么难，原因是他们还没有掌握运算的法则。这个法则对于大学生来说，可能做梦都能说出来。我们生活中的烦恼也一样，没有解决它的智慧，烦恼就困惑你，让你难过不安。这时，我们也容易把烦恼的原因归罪于别人，其实，还是我们自身的智慧不够。还有很多烦恼，就不只是缺少智慧，还缺少包容。就像失恋，我们会用各种办法解决痛苦，但有一个办法最奏效，就是包容。包容自己，允许自己失败；包容对方，允许对方离

开。当你有一颗足够大的包容心的时候，你不但不会恨自己、恨对方，还会怀着善意给自己和对方以祝福。郁闷，是你还在阴影里，走出阴影，你就会拥有整个晴空……

生命中能够为你负全责的只有你自己

没有一个生命能够为另一个生命完全负责。每一个生命只能为自己负责。所有对他人的期望都可能变成失望。让对方为你承担，你会没有安全感，害怕失去这份依靠而变得患得患失，然后就有了控制和要求。为对方承担，你会对对方有期望和要求，要对方如你所愿，也就有了控制和要求，于是，关系变成了战场。人生真正的幸福与安全感是别人无法赐予的，无论另一个人多么爱你、疼你，到头来，幸福与安全感还是要自给自足，因为一切外境只能是个辅助作用，内心实实的安定和稳稳的幸福，永远要靠自己去修炼和获得，一旦得手，永世不离……

醒悟难，改过更难

一个学生把企业做得很大，但与他的属下聊天时发现，他的属下并不怎么爱他，话里话外对他还有怨气。我问大家是何原因，多数人都是笑而不语，只有个别人敢说：老板成功以后，谁的话也听不进去，感觉自己就是真理的化身，他的话就是“圣旨”，谁也不能反驳，错了也要执行。时间久了，就没有人对老板说真话、说实话，身边的人都学会了阿谀奉承。

还有一个学生，事业曾经做得也不错，但就是喜好赌博，最后家庭关系破裂，事业每况愈下，虽然他也痛苦万分，但就是难以戒掉，在痛苦的轮回里，无法自拔。

“吃一堑长一智”和“失败是成功之母”是对那些有悟性又有毅力改正错误的人说的，大多数人吃十堑也难以长一智，为什么呢？因为没有醒悟的能力。即使有醒悟的能力，大多数人又缺乏改正错误的毅力。

做事业如此，修行更是如此，在一生中醒悟很难，醒悟之后去改正就更难。

无始劫留下来的恶习，就像是毒瘾，想要一朝一夕克服掉，那是做梦。只有彻底地醒悟，然后加上一点一滴长期艰苦卓绝的斗争和努力，才能最终把这些恶习克服掉，从而战胜自己。

爱是所有作品的灵魂

昨晚一个学生问我：这个时代为什么缺少伟大的作品？我的回答是：说明这个时代缺少伟大的爱和耐心。

同样是一个人在炒菜，心情好或是对吃饭的人有感情，炒出来的菜就好吃；相反，如果一个人心不在焉或是讨厌吃饭的人，那么，炒出来的菜一定不那么好吃。为什么呢？因为炒菜的时候所倾注的感情不一样。

炒菜如此，所有作品的创作也一样。不管哪个领域，培养学生的时候如果重视的是技巧和营销，考虑最少的是爱，这是最致命的缺失，因为他们忽略了最关键的问题：爱是所有作品的灵魂。

在商品经济的浪潮中，这个世界充斥着利益、短见和一颗颗浮躁的心，这就解释了为何当下难有伟大作品的问世。

太阳之所以能照亮世界，是因为有一颗燃烧的心；一个不朽的作品之所以伟大，必然是它的创作者有一个伟大的灵魂！

成熟的四种境界

记得自己青春期的时候，特别希望听到别人说自己成熟，这种对成熟的渴望就是当时成长的动力。如今，很多年轻女孩是“大叔控”，其中主要的原因是那些“大叔们”比较成熟，成熟男人的魅力吸引了她们。那么，到底什么才是成熟呢？我想每个人都会给出自己的答案。有人说能够控制好自己的情绪是成熟，有人说能够考虑别人的感受是成熟，有人说不感情用事是成熟，有人说有长远打算是成熟……根据长期的思考和自己的成长历程，我把成熟分为四个阶段，也是四种境界：

第一，成熟的最低标准是自立。我们说孩子不成熟，是因为他们不能自立。自立是指能够照顾好自己的身体、情绪和生活，有独立学习和做事的能力，能够适应社会和具有良好的人际交往能力。自立阶段简单说就是不再让人担心和照顾。

第二，尽责。只会照顾自己还不行，成熟还要学会尽责。尽责包括对自己尽责，对家人尽责，对工作尽责，对身边的人尽责。有责任感是成熟的一大标志，有责任感的人理性、性格稳定，做事让人放心。这个阶段的人，有良好的适应能力，对他人对社会也有较好的包容心。

第三，守戒。前两个成熟的境界是能做什么、会做什么，而成熟更高的品质是知道自己不能做什么。从“有所为”到“有所不为”，就是知道守戒。守戒是成熟境界的极大提升，是人生迈向更高阶段的标志。守戒看似从此不再自由，其实是人生真正自由的开始。不守戒，人还会是欲望、情绪和习气的奴隶，而守戒才是真正做自己的主人。

第四，大爱。守戒会让一个人成为不错的修行者，但只是守戒还不是成熟的最高阶段。成熟的最高境界是大爱。前三个阶段做好了，你会是一个能够照顾好自己又能照顾好身边的人，能够“有所为”又懂得“有所不为”的成熟的人，但只做到这些还不够，我们还要把眼光放远，把胸怀放大，把生命的着眼点放在利益众生上，否则，我们就谈不上最终的成熟。大爱，是成熟的最高标志和境界，只有踏上这个境界的人，才能够不枉此生，也只有踏上这个境界的人，才可能有机会向解脱与自由王国迈进。

困难是成就我们的阶梯

困难是成就我们的阶梯，可惜，困难对大多数人而言，没有成为阶梯，而是成为了拦路虎和绊脚石，这也是成功的路上不拥挤的原因。无论是做事业还是修行，都很像是在登一座高山，多数人都会因困难要么望而止步，要么中途而返，只有极少数的人一边气喘吁吁，一边咬牙坚持；一边失落徘徊，一边迸发勇气，最后艰难登顶，实现了人生的自我超越。

不是路途遥远，而是我们内心的怯懦太多；不是山高陡险，而是我们内心的恐惧太强。

强悍的人生从来都不是战胜强敌，而是战胜了那个怯懦的自己。

爱是世上最好的产品

我的学生中绝大多数是做企业的，他们会经常问我一个问题，那就是怎样能做出一个好产品？我的回答很简单：用爱！

这个世界的产品越来越多，多得让人都想不到。我们赞叹人类的聪明才智，同时也为人类感到悲哀：因为这些产品中，我们看到的多是欲望的贪求，却很少能看到爱的身影。

这个世界所有的物华天宝，无不凝聚着爱的结晶，没有爱，一切都将黯然失色。

爱，看不见摸不到，好像无法生产出来。不过，爱是可以孕育在一切产品之中的。砌砖盖瓦，在没有爱的人手中，那是冷冰冰的建筑活；在有爱的人手中，他建设的是温暖的家园。穿针纳线，在没有爱的人手中，那是无聊的手工活；在有爱的人手中，那是在编织关怀。

无论你在做什么产品，请从你心底的爱出发吧，让爱贯穿在生产的全过程，只有这样，这个产品才可能是最好的，最温暖的。这时的你才是在为这个世界做贡献，因为爱的产品背后，会露出我们对这个世界的温情……

给他人真诚又无企图的尊重

美国人本主义心理学家马斯洛，在他 1943 年发表的《人类动机的理论》一书中，提出了需要层次论。

马斯洛提出需要的 5 个层次如下：

（1）生理需要，是个人生存的基本需要。如吃、喝、睡觉等。

（2）安全需要，包括心理上与物质上的安全保障，如不受盗窃和威胁，预防危险事故，职业有保障，有社会保险和退休金等。

（3）社交需要，人是社会的一员，需要友谊和群体的归属感，人际交往需要彼此同情互助和赞许。

（4）尊重需要，包括要求受到别人的尊重和自己具有内在的自尊心。

（5）自我实现需要，指通过自己的努力，实现自己对生活的期望，从而对生活和工作真正感到很有意义。

虽然这个需要层次论受到了很多质疑，但迄今为止，这个理论在世界范围内受到了广泛肯定和运用。为后人了解人性、了解人类行为的动机，提供了非常有效的工具。就凭这个理论，马斯洛就在世界心理学史上，获得了很高的地位和声望。

人的需要按重要性和层次性排成一定的次序，从基本的（如食物和住房）到较高层次的（如自我实现）。当人的某一级的需要得到最低限度满足后，才会追求高一级的需要，如此逐级上升，成为推动继续努力的内在动力。

有人曾统计现今社会的人群中，满足最低需要（生理需要）的人会占95%以上；满足安全需要的占80%；满足社交需要的占70%；满足尊重需要的占20%；满足自我实现需要的只占不到5%。

从这个统计中我们可以大概看出，在社会生活中，能够满足被别人尊重需要的人，比例是不高的。人们为了满足自己被他人尊重的需要，会利用各种机会、各种手段，包括：拼命当官，拼命挣钱，拼命出名，住豪宅，坐好车，穿名牌……这些努力常常都是为了出人头地，出人头地后就能够满足被他人尊重的感觉。

寻求被别人尊重，是无可厚非的，因为它是人性的一部分。一位宗教心理学家说过："即使是在宗教世界里，也没有人愿意被淹没在茫茫人群中。"懂得了这个道理，通晓了这个人性，我们就该在生活中注意自己的行为，尽量在与人相处的过程中，满足对方的尊重需要。这是个很重要的人际交往原则，如果你常常做到，那你真是幸运的，因为你在满足别人的同时，也会因此愉悦自己的。

得到肯定、赞美和尊重的感觉，就像是心灵世界的阳光、空气和水，缺少它，人们会感到阴暗和饥渴。

几年前，我出差到一个偏远的小县城，这里没有出租车。黎明时分到达时，只有一辆破旧的三轮车可以租。我毫不犹豫地坐上了这辆三轮车，赶往目的地。三轮车的后座已经坏了，坐在上面，人会前后左右地晃动，司机很不好意思地跟我道歉，说这里的路很颠簸，座位经常被颠簸得活动起来，不牢固，让我小心些。我笑着安慰他说：“没事的，你放心！我是农村长大的，从小坐惯了这样的车，这次正好再体验一回。”司机看我这样说，也笑着跟我攀谈起来。我肯定了他的商业头脑，在这里能够做这样的生意，说明他能够把握商机。也赞美了他的吃苦精神，又冷又困的黎明，他能够在这里等生意，真令人佩服。最后我又对他表达了谢意，如果没有他，我无法继续行程，更不知道路该怎样走。下车的时候我说：“你是我见到的最热情最厚道的司机之一。”司机很感动，紧紧握住我的手说：“谢谢大哥了！你真瞧得起兄弟！”

萍水相逢，我们只要能够把这种重要的感觉带给对方，对方就会收获一份好的心情。我们没有损失，又让彼此的心灵充满了阳光，那又何乐而不为呢？

尊重他人，发自真诚的心，又没有任何企图，这种行为后的感觉肯定是美妙的，就像春天的花朵，盛开在别人的脸上，也必定会绽放在你的心田……

丽江，失意者的天堂吗？

有一些人会有这样的经历，到一个城市旅游，深深喜欢上了这个旅游的地方，后来就干脆到这个地方找工作，到后来定居。笔者很是羡慕他们这样的情怀，为了自己心中的梦，做了自由的选择。

可还有一些人，失意后选择一个可以给自己安慰、疗伤的去处，回归一下灵魂，整理一下心情，让自己的心暂时好过一些。丽江无疑是这种选择的最好的去处了。丽江，在祖国的边陲，离都市远，可以让你远离都市繁华的压力与红尘纷争的苦累，也可以让你远离情感的纠缠和心灵的伤害。密密麻麻的小巷里有着各色的小客栈，隐秘、安逸，入住进去保准给你相当的安全感。在这里没人认识你，大家只认得你是个普通的行者，来去自由，走出客栈的房门，你就会消失在古城中，消失在陌生的人潮里。

在古城里闲逛，偶尔你就会遇见抱一把吉他演唱的人，大家管他们叫流浪歌手，有的是唱歌赚一点游客的赏钱，有的是唱歌卖自己的书或歌碟。书或歌碟都是他们自己出版和灌制的。走到他们面前，驻足倾听，或许能从忧郁和凄婉的歌声中听出他们的遭遇和心情来。歌声背后一定藏着他们经历的坎坷和心灵的迷茫。他们最能代表流浪与失意的羁旅了。在这个古朴又喧嚣的世外小城中，游离着他们的心灵，弥漫着他们对归宿的向往。

一个城市像一个人，一个人也像一个城市，都是那样的独特和丰富。投奔一个城市很像是去依靠一个人，希望在那里找到自己追寻的答案。世上有净土吗？很难找到。世外有桃源吗？没有见过。那么，哪里有天堂呢？是不是像丽江这样的地方就是失意者的天堂呢？我认为，他人和他乡永远都不是自己的答案，天堂不必去费心寻找，天堂就在自己的心中！

旅行，不是走出去，而是把自己找回来

这几天很多朋友都在旅游，享受旅行的乐趣。我是个超级喜欢旅游的人，旅游、读书、写作是我最大的三个爱好。旅游，之所以是无数人的一大追求，我想不但是因为它能够增长见识，扩大视野，满足人的好奇心，还因为在旅途上看见的风景、经历的事情、遇见的人会引发我们的思考，让我们得到平日里无法得到的独特的东西。

读万卷书，行万里路，是我们认识人生和这个世界的主要手段，大成就者无不是读万卷书和行万里路的践行者和受益者。读万卷书是让心灵行走，让心灵感受古今，神交智者；行万里路是让身体行走，用脚丈量陌生的土地，用手触摸不曾熟悉的东西，用鼻嗅出奇特的味道，用眼铭刻经历的一切。走着，看着，不知道是哪一个旅途上的际遇，会给你从未有过的感觉，引起你强烈的心灵震撼，引发你深刻的人生思考，那一刻，你发现，你不是走出去旅行，而是你把自己找了回来……

自律——人生成功的方向盘

身材好，说明你在嘴上自律；身体好，说明你在惰性上自律；人缘好，说明你在脾气上自律；收成好，说明你在散漫上自律；事业好，说明你在时间、精力、体力、心力很多方面都

自律。如果你贪吃、贪睡、贪玩，放纵自己还怨天尤人，那么你的人生必然会拐进灰暗没有生气、困苦又没有前景的路上。自律，是成功的绝对必要条件，没有自律的人，一定没有成功的人生。自律，就像成功路上的方向盘，把握好它，你的人生才能一路坦途，到达你想要的终点。

失眠多，是放下的少

这个帖子很早就想写，因为身边的亲人、朋友，还有学员、网友等，有太多的人失眠。看着他们被失眠折磨的样子，我很心痛，又帮不了他们什么，所以觉得很惭愧，常常恨自己没有能力把他们从失眠中解脱出来，真希望自己是催眠大师，把他们送进甜美的梦乡。

压力大的时候，我也失眠，好在没有长期处在失眠的折磨中。这点可能要感谢父亲的遗传，他总是头一挨着枕头就能睡着。很多人都有这个经验，成人懂事常常是以失眠为分界线的。我们很少见到小孩子失眠的，因为他们心里不装事，眼一闭就可以进入梦乡。人的第一次失眠常常发生在考学、生病、恋爱、就业的时候，因为心里有事了，不再像孩子那样无忧无虑了。所以，从这个意义上看，心里装着事就容易失眠。“失眠多，是放下的少”这个题目我考虑再三，是怕这样说，会有人质疑我站着说话不腰疼。很多人身处中年，上有老下有小，自己有繁重的事业，身体还可能不好，那么多的责任要去担当，孝顺老人不能放下，抚养孩子不能放下，挣钱养家不能放下，何来这么多放不下？哪些能放下呢？想想他们的不易，就不忍心这样说，但想了很多题目，就觉得这个题目最好，最能够说明失眠的要害，最后还是决定用这个题目。如果我这篇文章能帮到他们，哪怕挨他们骂，我也会欣慰，因为每一个字都浸透着我的爱与深深的祝福。

失眠是常见病之一，几乎每家都有一个或几个失眠过的人。失眠的原因很多，有生理的，也有心理的，我关心的是心理上的原因和治疗手段。

佛法和心理学都认为，病由心生。生理和心理是一体的，相互对应的。也就是说，身体上哪个部位出问题了，我们就能够找到心理上的原因。反过来也一样，心理上哪个方面有问题了，就会从身体上生出病来。比如说，人压力大，忧虑重，胃可能就会出问题。胃是消化器官，它对应着人对眼下事情的消化，事情消化不了了，胃就反映出来了，就会得病。肩背是负担的地方，人压力大，事情多，感觉扛着吃力，肩背就容易出问题，颈椎病和肩周炎就会随之而来。失眠也是这个道理，焦虑、纠缠、担忧、恐惧，都会让你不安心、不踏实，进而就让你睡不好或睡不着。一般说来，下面这些因素都会导致失眠：对自己身体或能力不满意，对自己过去不满意，对自己家人不满意，对自己感情不满意，失恋或离婚还在纠缠没放下，对眼下工作、生活、处境不满意，对未来没有方向没有出路而忧虑，对未来身体、情感、婚姻等担心焦虑，对生病、老无所依、死亡而恐惧担忧，等等。因为存在这些心理问题，人就很容易失眠。生活中我们会发现，那些没心没肺的人，普遍都睡得好。为什么呢？因为他们心里不装事。没心没肺，从不好的角度讲，是没有责任感；但从好的角度讲，是心量大，能容事。同样一件事，有的人可能忧心忡忡，恨不得要跳楼；而对另一些人却可能不在话下，吃得香，睡得着。

失眠，在深度心理学上被喻为暂时死亡。所以，深度心理学认为，恐惧死亡的人潜意识里面也拒绝睡着。因为他怕睡过去就再也难以醒来。因此可以证明，连死都不怕的人，一般都不失眠。这也能解释很多把死亡置之度外的士兵，在战场前线也能睡着的原因。

有人问禅师："什么是佛法？"禅师答："该吃饭时吃饭，该睡觉时睡觉，这就是佛法！"修行也是这个道理，不在吃饭的时候想这个那个，也不在睡觉的时候想昨天明天，这就是活在当下的道理，如果真能这样，你就可能要告别失眠了。

天下本无事，庸人自扰之。失眠，从心理学上讲，就是庸人自扰的结果。庸人自扰，就是放不下，放不下就容易失眠。所以，想解决失眠，就学会放下。放下对自己的不满，也放下对别人和社会的不满；放下对过去的纠缠，也放下对未来的忧虑。修行的过程，就是放下的过程。修行得越好，放下的越多；放下的越多，你就会越轻松快乐。当你有一天把死亡都能放下的时候，我想睡得香一定不再是奢望。

放下，说得容易，做起来难啊！很多东西我也没有放下，就让我们共同修行吧！但愿我的文章和衷心的祝福能给那些失眠的人一点睡意，让你也能品尝一下睡梦的甜蜜与幸福！

我们的陪伴是父母最有营养的套餐

有个节目，节目中主持人问观众，你母亲最喜欢吃什么菜？有的观众能答上来，有的答不上来。答上来的有点沾沾自喜，答不上来的有点尴尬愧疚。其实，能知道父母喜欢吃什么固然重要，但是，我想说，父母最喜欢吃的就是儿女陪伴这道“菜”。不管父母喜欢吃什么，但如果没有儿女的陪伴，我想，那道菜也不会有多香甜。最近几个月，我陪母亲的时间比较多，是最近十几年来最多的。每次我从外地出差回来，母亲都早早准备好我喜欢吃的东西，然后等着我回来。我们两个都吃素，菜无非就是青菜、豆腐、水果等。如果赶上我有事不能回家吃饭，母亲都会觉得很遗憾。那时，即使桌子上摆着她最喜欢的菜，她也不会多有食欲、多有兴致。我们就是父母桌上最喜欢的那道“菜”，他们欣慰的眼神中有最美的色泽，他们愉快的笑容里有最芬芳的味道。所以，要常回家看看，我们的陪伴才是父母最有营养的套餐。

母亲的味道

社会发展了，人类的生活方式也发生了变化。以前一家人在一起吃饭是天经地义、司空见惯的，可现在对于有些家庭来说，这种其乐融融的吃饭感觉甚至成了奢侈。为了工作，为了生活，很多人不得不远在他乡，即使是在一个地方，一家人不在一起吃饭也是常事。家长不是工作忙，就是有应酬，常常让孩子自己在外面吃。时间久了，这样的生活方式对孩子的成长很不利。

也许在外面吃的会比家里好，但孩子能够感觉到的是消费，无法感觉到爱。孩子吃到父母辛苦做的饭菜，重要的意义不只在于吃得好、有营养，而是在于孩子能够在饭菜里感受到父母传递过来的爱。爱是关注，爱是在意，父母最了解孩子的口味和喜好，做孩子喜欢吃的东西，这里的意义超出了吃饭本身，它甚至是孩子生命意义的一部分。

很多孩子想吃妈妈做的饭菜，那不会只是馋的感觉，更重要的是想起了妈妈的爱。这种爱会流淌在孩子的血液中滋养他的生命。每当一个人遭遇人生重大的选择或挫折时，回到家里，吃到妈妈为自己做的熟悉又可口的饭菜，就会找到根，找到归宿，心就不会再漂泊。那是对孩子最大的安慰、最好的治疗。

有人把这种自己熟悉又独特的饭菜，甜蜜地称为“母亲的味道”。无数的人就是伴随着这种味道成长的。这样的人真有福气，因为他们有一位勤劳又懂得爱的母亲。

我就是这样一个有福气的孩子，我的母亲伟大又勤劳。母亲精心养育我们兄妹五个，每天天不亮就起来为我们做饭。那时候家里穷，没什么好东西吃，但顿顿能吃到母亲做的可口的饭菜，感到是那么的幸福和温暖。母亲是这个世上最好的厨师，因为她做的饭菜不但可口，里面还饱含着浓浓的爱意，这种爱意比吃到什么都香，都珍贵！

做饭、吃饭，父母与孩子的这个行为中，传递着爱、关怀、陪伴和温暖，孩子就是在这样平常的活动中，体验着幸福和人生的意义的。

花开自有蜜蜂采，修心自有良缘来

人生的幸福一半靠缘分，一半靠修为。如果只靠缘分，我们就不需要努力了，好坏都接受就是；如果只靠修为，我们就没有那么大的分别，好坏就都差不多。缘分的那面，我们很难改变，就像我们的身高、长相，智慧的方法就是接受。此生能够改变的是修为，我们可以把自己从未谙世事的小姑娘，修成一个有风度有素养的淑女，也可以把自己从急性子坏脾气的青年，修成一个心态平和包容他人的智慧大叔。每一个人都是一块磁铁，修为就是把包裹在磁铁四周的泥土和铁锈去掉，去掉的越多，磁铁的磁性恢复得越多，它的吸引力就越大。当一个人有足够大的吸引力时，他想要的就会自然吸到身边来。

生命的意义不是寻找爱，而是成为爱

一个志愿者跟我聊天，说他经历了 35 年的人生历程，其中有 13 年一直是爱的奴隶。我问他为何这样说，他说：这期间他谈过多次恋爱，每次都很投入，也对每段关系都很依赖，依赖到忘我的程度，感觉没有了她或这个关系，自己就活不了；自己生活的主题就是谈恋爱，没有恋爱的日子，活着就无聊，心发慌，感觉人生的过程就是寻找爱的过程。偶然的机会他做了志愿者，把身心的很多部分投入到了学习、服务的公益事业里来，才渐渐发觉，原来不再那么需要去寻找爱了，而是逐渐成为了能给予别人爱的人。他的经历告诉我们苦苦寻找别人的温暖，不如自己成为发热体。我们苦苦寻找他人的爱与关怀，不如自己成为爱，成为能呵护好自己又能去照顾他人的爱的化身。

做自己永世的情人

情人节里的“情人”，是指钟爱的人。怎样能找到自己钟爱的人呢？没有别的办法，只有一条，那就是先学会爱自己。

有人会说，爱自己谁不会呢？其实不然，我发现真正会爱自己的寥寥无几。大多的爱自己不过是自私或对外界不自信的自我防御，而不是真正意义上的爱自己。

真正的爱自己是接纳自己的一切，并深深地喜欢自己：感恩自己过去的一切，满意自己当下的一切，憧憬自己美好未来的一切。

你不会埋怨自己生在一个条件不好的家庭，不会抱怨自己有一个不会爱你的父母，不会讨厌自己有一个不满意的长相和身材，不会纠结自己有一个抬不起头来的智商和学历，不会后悔自己所经历的尴尬的往事，不会痛恨好像对不起自己的那些人，坦然接受自己过往和当下的一切，有勇气温暖地跟自己说：“我爱你！我深深地喜欢你的一切！”

人只有这样地满意自己，喜欢自己，爱自己，我们才能找回自己原初的所有品质和力量，我们才能散发出光彩，照耀你和你的世界。

这时，你才有资格来爱你钟爱的人和芸芸众生。也只有到了这个境界，钟爱你的人才会不经意就闪身出现，来爱你和你的一切。你从此不必要再遮遮掩掩、忐忑不安，你全然地做自己，因为你完全地自信，你懂得爱，有能力爱，也相信有人接受你、懂你、爱你。

向外寻求的一切，全都会无常，即使今天你找到一个让你无比欢喜的情人，你终究有一天会发现，他给不了你幸福的一切，所以，自己才是这个世界百分百的情人，有了这种意识，你才会不用那么费劲地苦求情人对你的恩赐，你要明白，情人节的最好礼物，其实上天早都给你送来了，那就是你自己。

做自己的情人，那是你永世的情人，永世的礼物！

孤单，是我们还没有找到自己

我们费尽心思努力寻找一生的，不是一个可心的伴侣，而是那个原本存在的自己。

今天是七夕，中国传统的节日，在这样的节日里，很多人又要慨叹自己孤单，没人陪伴。

不过，能够给这些人一个安慰的信息是，我们可以去问问那些有人陪伴的人，他们的灵魂就真的不孤单吗？

在人生的路上，我们丢失了自己，我们彷徨、犹疑、孤单、寂寞、虚弱、无助，我们需要找到一个人，需要依靠，需要那个人来证明自己的存在和价值。

但这些常常都是徒劳的，无论你找到一个什么样的好人，最终你灵魂的强大和安定还是要靠自己，他人即使是佛菩萨，也无法代替你去承担所有的一切，照顾你灵魂的坚强。

借用两句佛法中的话："苦海无边，回头是岸！""苦海"是指所有心外相求的一切，"回头"是指找到自己的本性。只有找到那个熠熠生辉、永远不灭的自性之光，你才算是上了岸。否则，就是在那个无边的苦海里挨冷受累地游。

达摩祖师面壁九年，没人陪伴，却不孤单，因为他跟自己在一起，跟自性在一起。那时，一尘埃就是一个大千世界，一刹那便是永恒。

我写过一句有点浪漫的禅诗，其中一句是这样写的："如果要思念，就相约到彼岸。"

爱一个人最大的深意，就是告诉她解脱的路。只有相约到彼岸，才是永恒的爱与陪伴。

记恨别人不如修炼自己

每个人的人生都不会是一帆风顺的，在这个充满坎坷和挫折的人生之旅上，谁都难免会遭受到别人的误会、猜忌、嘲笑、冷遇、拒绝，甚至是诋毁、伤害和抛弃。这些遭遇轻则会让我们难过一阵，重则会给我们的心灵带来伤害。一些伤害的影子会经常萦绕我们的心头，挥之不去，很容易在我们的心底缠绕成愤怒的情结，最后变成对那个人的记恨。

记恨他，表面上好像是可以让那个人难过，借此惩罚他对我们犯下的罪过。其实，记恨别人是折磨自己的行为。别人可能会因为你的记恨产生内疚，也很可能他早已经忘记了对你有过的伤害。所以，你的记恨客观上对别人的惩罚是有限的，反倒是对你自己的惩罚却实实在在，因为你对曾经发生的你不愿意看到的事情耿耿于怀，这些愤怒的情绪就一直左右着你，让你的日子不好过，它就像一片阴云，长期笼罩着你心灵的天空，让你难见生命的阳光。

心理学认为，记恨就是让自己一直沉浸在受伤害的位置上，纠缠在过去的情节中，以极端受害者的形象来表现自己的痛苦。

记恨实际是把事情的责任推给了别人，认为是别人的错误行为导致了今天的结果，这样想只是暂时让自己免责。不过，这样做的同时也会让自己看不清问题的实质，更难以找到自己今后生活的方向。

不原谅别人，其实是不原谅自己，是对自己自卑的地方难以释然。明白这个道理，就不要再长久纠缠在那些无用的记恨上了。要清醒自己不足的所在，为这个不足奋然而行，好好地修炼自己，待到功成圆满，我们就克服了内心里的自卑，也许那时你可能还要感谢那个让你记恨过的人呢，是他让你认识了自己的不足，也给了你进取和修炼自己的力量。

如果你还要记恨的话，那就记住法国文学大师雨果的那句话吧，他说："最高贵的报复就是宽容！"学会宽容别人，更要学会宽容自己。因为记恨等于不宽容自己，等于让自己一直停留在早应该过去的痛苦中。

甩掉记恨的影子，走向充满阳光的旅途，迎接新生和生命的灿烂！

倾听就是最好的治疗

在给灾区同胞做心理辅导的过程中，我越来越深刻地体会到倾听的重要，也更加坚定了自己的一个信念，这个信念就是：倾听就是一种最好的治疗！

汶川地震中，灾区同胞遭遇过人生大的变故，这其中的恐惧、震惊、伤害甚至绝望，都是我们外人无法真正体会和感受的。地震过去5个多月，很多人还无法走出那个阴影，痛苦、失望、焦虑、烦恼无时不充斥着他们的心灵。其实，他们很多人并不需要别人给他们提供什么改变命运的方法，而是希望得到别人的理解和尊重。那份理解与尊重的来源，就是有人能够倾听他们心声。倾听是陪伴，倾听是尊重，倾听更是治疗。有人倾听他们的地震遭遇，有人倾听他们的痛苦历程，有人倾听他们的目前需要，这就会给灾区同胞一个说话的机会，尤其是向外人说话的机会。等他们说完了，内心的无助、失落、焦虑与烦恼就会少一些，内心积郁的不良情绪就会得到舒解，实际上，这个过程就是一次治疗。

我们要理解和宽容那些话多的人，因为从心理学的角度上来讲，话多的人内心一般都深藏着恐惧、焦虑与不安，他们要通过不停地讲话来宣泄这些东西。我有几个朋友就是这样的人，你跟他在一起，一天的时间他都能够跟你讲个不停，以前我会很烦，现在自己成长了，了解了他们的问题与需求，就能够比较平心静气地听他们倾诉了。

心理治疗就是给病人或来访者提供一个倾诉的环境，这个环境是安全的，充满了理解、接纳、宽容、鼓励。在这里你不用担心内心暴露的尴尬，也不用担心说出话来被指责。这里没有命令，没有呵斥，没有怀疑，没有冷漠。病人或来访者会在这里感到被尊重，被关注，被关怀。因此，心理学上常说："倾听就是一种最好的治疗！"

学会倾听吧！因为倾听更是一种爱。倾听需要专注，倾听需要耐心，专注与耐心不就是爱的表现吗？让倾听化做温暖的阳光，驱散人们心头的乌云；让倾听化做及时的春雨，滋润人们干涸的心田。

学会倾听吧！倾听会让这个世界变得更加和谐与美好！

优雅地改变

女儿跟我说，她们班级的有些同学，很愿意给老师提意见，尤其是在课堂上，一旦发现老师有讲错的地方，就会立即提出来，有时会弄得老师很尴尬。她问我该不该及时对别人的错误进行指正？

我跟女儿谈了三点看法：

一、首先是搞清自己的看法是否正确。要清楚生活中有太多的事情是没有对错的，许多你认为的对错只是站在你的角度来看而已。即使是一道题，也可能存在许多种解法，很多时候说不准哪种更好，何况是生活中的事情呢？认定这样做最好，并且也要求别人跟从，常常是自恋的表现。所以，在表达看法之前，要问自己的内心是否足够宽容？

二、要识别指正别人的错误到底是谁的需要。青春期的学生，需要树立自我意识，常常要通过自我表现来证明自我存在和自我价值。因此，很多指正老师错误的行为是要向其他同学表明自己的优秀。这样的行为不是老师的需要，而是自己的需要。成年人许多这方面的行为也是这样，出发点有些时候并不是想要帮助别人，而是要通过指正别人来证明自己比别人强。所以，在表达看法之前，要弄清到底是谁的需要？

三、学会让别人优雅地改变。如果你确信你的看法绝对正确，也确信指正这个错误不是自己的需要，而是为了别人好，那么，请你记住：给别人留有足够的面子，让他优雅地改变。除非那个人面临着当下的危险，需要你挺身而出，否则，就要考虑他人的尊严和面子。况且生活中那种此时此刻非说不可的情况并不多见，大多数的情况都允许当事人有时间正视自己的错误，进而改变。

我跟智障的伯父生活几十年，很早我就发现，即使是像伯父那样的人，也是很讲究尊严和面子的。我们一大家人生活在一起，我格外尊重伯父的选择和生活，因此，他也格外喜欢我，愿意跟我在一起干活。我在伯父的身上学到了对人的尊重。

我也喜欢跟孩子在一起玩，我发现不管多小的孩子也在意自己的面子。他们愿意亲近你，愿意让你走近他们的世界，就因为你喜欢他们，尊重他们。在孩子们身上，我加深了对他人尊严的理解。

像智障的人和很小的孩子都如此注重自己的面子，何况是我们正常的成年人呢？

人许多时候是愿意做出对自己有利的改变的，但前提是保全了自己的面子，顺其自然地进行，而不是要以牺牲自己的尊严为代价。如果他感到这个改变会让自己很尴尬，他宁愿坚持这个错误也不想改变。

我在商场看见过两个年轻人，男的进商场后就点着一根烟抽了起来，女的很反感地说了他一句："你真能装！"男的马上回击："我就装，爱谁谁！"女的没有能纠正这个男子的不良行为，也一下影响了两个人逛商场的心情。我在讲课中用这个例子让学员扮演那个女子，结果大家说出了许多种不同的方案，这些方案既能保全那个男人的面子，又能纠正他的不良行为。如果是你，你会怎样说呢？

给别人一个借口，给别人一个台阶，给别人一个幽默，让别人优雅地改变，这是人生的智慧，更是你心底的善意，在这个过程中表现出你的宽容来，让大家都乐于为此行事，何乐而不为呢？

记住：无论你的看法多么美妙，说出来之前，一定要注意给别人留有足够的面子，否则，你的行为不但达不到目的，还会造成对别人的侵犯！

爱是无条件的接纳

世界上最神奇、最美妙、最伟大的东西就是爱，但爱的本质到底是什么？千古以来对这个问题的讨论从来没有停歇过。经过无数个有识之士的验证和总结，他们认为无条件地接纳爱的对象是爱的本质之一，并且是最重要的本质。没有这个基础，其他的属性就难以存在。

那些得到过爱、阅历又较深的父母，有能力给自己的子女无条件的爱。他们不会因为孩子长得丑而心生嫌弃，不会因为孩子不够聪明而怨愤，不会因为孩子不乖而责骂，不会因为孩子成绩不好而唾弃，甚至不会因为孩子残疾而轻视，更不会因为孩子犯罪而抛弃。在这样的家庭中成长起来的孩子，即使是自己先天不尽如人意，但这样的孩子不会自卑，不会绝望，对自己充满自信，对别人充满爱。

可惜现实生活中这样的孩子不是太多，因为他们的家长给予孩子的不是无条件的接纳，无条件的爱，更多的都是有条件的。孩子长相好，家长就喜欢；孩子成绩好，家长就得意；孩子听话，家长就高兴。反之，家长的这种表现就难以让孩子感到被爱、被接纳。

听读高三的女儿说，她们现在正处于高考冲刺阶段，班上有一些孩子压力太大，病倒了。我想那些病倒的孩子之所以有那么大的压力，主要原因是家长有条件爱的结果。这些孩子可能从小就面临这样的压力，如果学习成绩不好，家长就不高兴，甚至责骂和拳脚相加，他们到了高三，面临高考的时候不产生高压是不可能的。重压之下，罹患疾病。即使如此，恐怕他们的父母也难以说上一句:“随便考吧，什么结果我们都能接受!”

这样的父母培养出来的孩子，去爱别人的时候也一定是有条件的，因为他们没有得到过无条件的接纳、无条件的爱，他们不会这样无条件地去爱别人，因为他们没有榜样，没有学习过如何去爱别人。多少有钱有势的人在他们风光不再的时候，身边的人离他们而去；多少恋爱中的痴男痴女因为一些小事而成陌路或成仇敌。这些人的爱都是有条件的、有理由的，与他们相爱，难免要遭受挫折。

我小的时候，不知道是什么原因，几乎天天晚上尿床，第二天清晨起来后，母亲都要给我晒褥子，下雨或阴天不能在外面晒的时候，就要在炕上烘，日复一日，年复一年，我一直尿床到 15 岁。5 000多个日子，母亲都在重复着给我晒被子的动作，这个期间母亲从没有打过我，甚至连责怪的时候都很少。这种无条件的爱让我受用一生，所以只要想到母亲，我的内心都是温暖的，充满了无限的感激。

但愿凡尘中的每个人都能活在无条件的爱中，也但愿活在这种爱中的人们能够继承这种爱，发扬这种爱，传递这种爱！

所有的折腾都是在祈求爱

我做过很多亲子关系的咨询，来咨询的父母大多被孩子折腾得憔悴不堪，甚至心力交瘁。

孩子的折腾有：不学习、逃学、打架、上网、打游戏、喝酒、抽烟、赌博、吸毒，甚至顶撞老师父母、离家出走等等。

这些“坏孩子”把父母折腾到无可奈何、无计可施，有的父母甚至要选择放弃。在他们眼里，这些孩子就是逆子，感到生下他们就是人生的不幸。

其实，是家长们没有懂得孩子之所以折腾的深层原因。

孩子折腾最深层的原因几乎都是在祈求爱。有的父母离异，在离异的过程由于不恰当的处理，让孩子处在矛盾的漩涡中，最后伤害了孩子；有的夫妻关系长期恶劣紧张，孩子在这样的家庭里感受不到和谐与温暖；有的父母教育方法有问题，长期采取高压态势，致使孩子压抑痛苦；有的父母整天忙于工作应酬，疏于对孩子的关怀和陪伴，孩子感受不到父母的重视；有的父母把孩子托付给长辈带，时间久了，孩子有种被抛弃的感觉。

家庭教育的失当，都会给孩子带去伤害和心底爱的缺失，作为被孩子折腾的父母，不要一味地指责、抱怨，怪这些孩子无理取闹，不可理喻。要多想想孩子们的不易，更要多想想自己该承担什么责任。我经常分享：“真爱就是在别人的过错中看到自己的责任和努力！”别人有错，我们都要反省自己，况且孩子的折腾未必是孩子的过错，很多都是我们当初给埋下的，如今这个过错一旦出现，我们不反省自己的问题，却要去埋怨孩子，这是不是无理取闹呢？

如果一个人的内心是平和的、温暖的，谁还愿意去折腾呢？所谓“折腾”，一部分是在表达委屈和愤怒，另外一部分是对爱的祈求：祈求曾经缺失的爱与被关怀的温暖。父母要明白这个道理，在孩子折腾的日子里，停止抱怨、对抗和打击，拿出勇气，承担自己的责任；拿出耐心，陪伴孩子度过这段艰难的时光。最后用爱给孩子疗愈心底的创伤，也让你们的关系踏上和谐又温暖的旅程。

有种“无情”是有情

我喜欢看《动物世界》这个节目，没有偏见，相对于人类世界，多了一份真实和有趣。有一期节目对我很有启发，是老鹰训练小鹰起飞的故事。老鹰在给小鹰哺乳喂食期间，悉心照料，但等到小鹰翅膀强壮需要练习起飞的时候，一反温柔面目，显得很是无情。小鹰不飞，老鹰就啄小鹰，小鹰飞累了，刚落下，老鹰飞过去还是啄，有点像老女排的“魔鬼训练”。小鹰就是在父母无情的训练中成就了飞翔的本领，有了自己自由飞翔的天空和生存能力。老鹰知道，如果不对小鹰无情，小鹰飞翔的翅膀就得不到锻炼，小鹰的结局不是饿死，就是被吃掉。

人是对孩子抚养最久的动物，少则十几年，多则二十几年，最多要抚养一辈子。在多年抚养孩子的过程中，两代人建立起密切的关系，孩子得到了父母的爱与照顾，这是人类特有的美德。但这种抚养的方式很容易走向另一个极端，那就是溺爱、包办、代替，最终断送了孩子的成长前程。这种现象在当今的社会很普遍，这些有“爱心”的家长，最后把孩子培养得只会花钱享受，没有能力创造财富价值，对父母索取无度，对外人漠不关心，没有感恩之心，很多孩子成了“啃老族”、社会资源的消耗者。我不反对父母对孩子的爱和尽责，而是反对那些没有原则没有智慧的苦苦“奉献”，这样的“奉献”，看似对孩子负责，也会让孩子感觉舒服，但对孩子的成长不利，也是对社会和国家

的不负责任，中国的不少大学生缺乏创造力和竞争力，不都是这么培养出来的吗？

人生是场马拉松，不必抢跑

人生不是短跑，也不是中长跑，而是一场马拉松，马拉松从来没人抢跑，因此绝不会“输在起跑线上”。所以，各位家长，要允许孩子慢慢成长，别着急。爱因斯坦小时候看似愚痴笨拙，也没上过那么多的补习班，却没有耽误他日后成为伟大的科学家。有些家长因为不明白人生道理而无谓地担忧恐惧，于是让孩子在起跑线上就开始玩命，这样做的结果，很容易导致孩子在抢跑中摔伤、摔残，从而耽误了人生的全程。

我们的性格是怎么形成的?

挑剔别人的人，多曾经被挑剔过；抱怨别人的人，多曾经被抱怨过；挖苦别人的人，多曾经被挖苦过；指责别人的人，多曾经被指责过；攻击别人的人，多曾经被攻击过；伤害别人的人，多曾经被伤害过。任何性格和习惯的形成，都不是无缘无故的，都有其可以追溯的源头。生长在爱、和谐、包容和温暖的家庭里，就容易培养出温和、友善、宽容和感恩的性格；生长在紧张、冲突、矛盾和伤害的家庭里，就容易形成抱怨、指责、自卑和灰暗的性格。明白了这个道理，就会知道我们性格的来源，也容易理解我们身边的人为什么会那么对待我们。如果我们曾经被父母不好地对待过，我们唯一的出路就是要学会谅解、宽恕和放下；如果我们有儿女，就要警惕我们的言行和对待孩子的方式，不要让他们再重蹈我们的覆辙，让他们在我们的反省下，多一点关爱、温暖和力量！

小爱能使孩子走得稳，大爱能使孩子走得远

父母的责任就是给孩子爱，饱满的爱会给孩子带去自信、安全感和永远乐观的生活精神。爱可以分小爱和大爱。小爱就是培养孩子照顾自己的能力，包括照顾自己身体、情绪和心灵的能力！让孩子有足够的自我认同，有生活自理能力，有良好的交际能力，有获取生活资源的能力，有规避风险的能力。总之，小爱就是让孩子走得稳。但，光有小爱是不够的，父母还要给孩子大爱。大爱就是培养孩子照顾别人、心怀天下的能力。只有小爱，孩子可能会生活得好，但可能会缺乏对他人的关怀和社会责任感。大爱包括关注社会问题，考虑团体利益，投身国家，促进人类进步。把自我价值的实现和人类的福祉结合起来，既有使命感又能积极去实现，这样，孩子的人生就不是只为自己生活，还能为更多的人去服务和奉献。小爱让孩子生活得安全，走得稳，而大爱却能让孩子生活得有价值，走得远！

山不过来，我们就过去

欣闻一个好友和自己的母亲和好，我很高兴！她母亲脾气不好，对她也很严苛，甚至到不可理喻的程度，她曾一度感到很受伤害。如今她主动示意和好，并把母亲接到自己身边，这种态度，让我感到了她的成熟。我回微信说：“宽容和谅解才能解开心结，山不过来，我们就过去。”

老人基于自己的位置和面子，常常不能主动示意和好来解决与孩子之间的问题，特别是几十年形成的相处模式，阻碍了两代人的心灵沟通，让问题和情绪压在心底，冰封了起来。我们做儿女的要有这个胸怀和勇气，老人不过来，我们就主动走过去，让心与心相近、相连、相通，用我们宽容的心温暖我们的父母，让爱在彼此的血液里重新流淌起来。记住：山不过来，我们就过去！

过度关注就是伤害

月满则亏、物极必反是自然界的规律，关注也是如此，过度了就会造成伤害。

由过度关注造成伤害的领域，一个是恋爱和婚姻关系，一个是父母和子女之间。很多内心没有成长好的人，缺乏自我认同和安全感，找到一个亲密关系就死抓不放，把对方看成了自己的影子和私有财产，像紧箍咒一样关心和控制对方的一切，让关系变得紧张，让对方感到窒息，最后往往会彻底破坏这个关系，对方会把你当紧箍咒一样挣开而逃脱。

过度关注造成伤害最容易进行又最容易被人忽视的地方就是在家庭里，在父母与子女的关系中。不健康的家庭，也会有不健康的关系距离。距离太远了会伤到孩子，比如遗弃、托人抚养、长期寄宿、漠视孩子存在、没有时间关注孩子等等。我在这里重点谈谈过度关注的危害。以前的几代人里这种现象少，因为孩子多，家长又得上班干活，所以那时基本上都采取放养的方式，因而过度关注的就少。现在家里一般都一个孩子，两个家庭至少有四个到六个大人在关注一个孩子，孩子一出生就开始享受小皇帝的待遇。家长把太多情感寄托在孩子身上，把太多精力放在孩子身上，这样就容易出现包办代替、溺爱纵容、依赖控制等现象，孩子在这样的家庭里往往是病态地成长。包办代替多的，孩子没有独立思想和自我生活能力；溺爱纵容多的，孩子没有感恩知足和体谅他人的能力；依赖控制多的，孩子容易生病，也难以有大的出息和作为。盐放多了会咸，糖放多了会苦，水浇多了花会死，对孩子的关注要有度。如今的中国家庭，过度关注导致的伤害越来越严重，可悲的是很多家长没有这个认识和觉醒，反倒自得其乐地玩下去，认为自己有爱心，会当父母，岂不知这样玩来玩去的结果，不是在造就栋梁之材，而是在“培育”窝囊废。

刀子嘴，刀子心

最近看亲子关系专家周正的书，书中有这样一个观点我很赞同，即“刀子嘴，刀子心”。俗话说：“刀子嘴，豆腐心。”这句话也成了那些说话尖酸刻薄人的自我安慰。有了这个安慰，那些人就可以继续说自己想说的话，而不会去思考这样尖酸刻薄的话能否给别人带去伤害。

科学实验已经证明，给植物听好听的音乐，植物会生长得更快、更好；给奶牛听好听的音乐，奶牛的奶会更多。植物、动物尚且如此，何况人呢？有句话叫“良言一句三冬暖，恶语伤人六月寒”，就是讲良言和恶语给别人的心灵带来的不同感觉。

心理学认为：一个自卑的人，几乎都是因为童年受到了父母太多的否定、指责、埋怨；反过来，一个自信的人，一定是童年得到了父母很多的肯定、鼓励、赞扬。有人说培养笨蛋最好的方式，就是在这个人小的时候，父母不停地说他笨蛋，说多了，这个孩子就相信了自己是笨蛋。有专家做过统计，一个自卑的人，童年往往要遭到父母两万到三万次的否定和心灵打击，这样的人怎么能够对自己产生自信呢？

有人会说，只要我的心是好的、善的、软的，就不怕说出来的话是坏的、恶的、硬的。现实生活中的情况果真是这样的吗？首先，孩子很小，还没有那么好的分辨能力，你对他说的“坏话”，孩子会当真。其次，外人常常不会有那么多的时间来了解你，了解你的“豆腐心”。即使对你有了解，也常会对你的“刀子嘴”产生误解。

“恶语”的杀伤力很强，有人做过调查，由一句“你去死吧！”而导致自杀的人不在少数。现实生活中，我们却从来没有听说过哪个人会因为听到一句“我爱你！”而去自杀的。由此可见，“刀子嘴”有时会产生血腥的结果，即使没有这么严重，也会使听到的人屡屡受伤。

爱是关怀、支持、鼓励、理解、赞美；当然也包括必要的批评、拒绝、斥责、甚至惩罚。但如果不分青红皂白，任由自己嘴上的痛快，而口出“刀子”般的恶语，就是对别人的不尊重，对别人的伤害。

为了孩子的健康成长，为了良好的人际关系，还是管住自己的“刀子嘴”吧！嘴下留德，让我们亲近的人感受到的不只是你的“豆腐心”，还有你的温柔的“豆腐嘴”，也让我们身边的世界因你而美好！

没有问题孩子，只有失当教育

孩子的不幸，往往是从父母那里就开始了。

回到老家，接触了很多亲戚、朋友、邻居，听到了许多他们孩子的故事。那些令他们生气烦恼的故事，引起了我的思考。由于熟悉他们的家庭，所以，我能够更好地对照所学到的知识，对这些故事背后所揭示的问题能够更深入、更清醒地分析。

他们的孩子的问题，也都是常见的问题。有的不愿意跟父母沟通，出现早恋；有的迷恋网络，学习成绩直线下降；有的年纪很小，却成了“老古董”，出现了人际交往障碍；有的经常不回家，跟父母顶着干；有的成家之后不孝顺父母，还经常回家“啃老”；有的不尊重父母，跟家庭闹分裂；有的打架斗殴，锒铛入狱。虽然他们表现出来的问题不一样，但仔细思考，就会发现他们问题的出现不是偶然的，都出自他们的原生家庭，都与他们父母的失当教育有关。

我总结了一下这些问题家庭，用四个字来形容他们各自主要的教育方式，这四个字是：严、松、甜、苦。

严——控制

有控制欲望的家长，不会考虑孩子的真实需求和感觉，只想满足自己的意志。他们家庭里的孩子不会有自由，常感觉压抑，无法与父母沟通，常常出现早恋和迷恋网络的现象，因为他们只有在恋爱和网络中，才能找到倾诉和宣泄的渠道。

松——放纵

这类家长只管自己的事情，忽视孩子的成长。表面上是给了孩子自由，实际上是自私和不负责任的表现。有的忙于工作，有的忙于经商，有的忙于美容，有的忙于打牌，心思没有放在孩子的成长上。这种家庭里的孩子学习一般都不会好，也容易误入歧途。由于没有得到父母的真爱，他们长大之后，很难真正尊重和孝顺父母。

甜——溺爱

溺爱不是真爱，也是一种自私行为。但溺爱最容易打着“道德”“奉献”“高尚”的旗号。表面上，溺爱的父母给孩子的是充分的爱、民主与自由，但实质上是给了孩子一个甜蜜的陷阱。

因为这样的家庭培养出来的孩子几乎都是自恋的，他们不懂得尊重别人，只在意自己的感觉，给他们日后的人际交往、事业和婚姻造成不良影响。

苦——伤害

基因能够遗传，伤害也会遗传。苦难的父母，很容易造就自己孩子苦难的童年；苦难的童年又往往造就了这个孩子苦难的一生。酗酒、暴力是苦难家庭常见的现象，孩子在这样的家庭里深受痛苦和伤害，没有自信和安全感，也很难真正相信别人，他们长大之后，不是事业屡屡受挫，就是把家庭搞得分崩离析，甚至有的走上了犯罪道路。

没有有问题的子女，只有有问题的家长；没有有问题的孩子，只有失当的教育。

当你为孩子学习不好而生气的时候，你是否想过他学习不好背后的真正原因？当你为孩子上网而恼火的时候，你是否检讨过自己的家庭里没有孩子说话的地方？当你为孩子早恋而暴跳如雷的时候，你是否反省过自己没有给孩子足够的关怀和温暖？当你为孩子性格不好而懊丧的时候，你是否思考过那也许就是你亲手种植的“果实”？当你为孩子没出息而失望的时候，你是否反思过自己给了孩子怎样的支持和自信？当你为孩子不孝顺而叹气的时候，你是否自查过你给了孩子多少爱，并让他们懂得感恩？

孩子出现了问题，首要的不是发火和指责，而是反省和检讨自己。要弄清楚是你自己是否曾经教育失当，才让孩子有了今天的问题。我们要做的是为曾经的失误负责，而不是抱怨和推卸。

爱是成长，爱是承担，爱也是悔改，悔改永远都不晚。父母如果能够觉察到孩子问题背后自己的原因，并有勇气承担，那么这个问题的解决就为时不远了。

孩子有问题，父母身上找

大多数人的自我评价来源于外部。这种外部评价体系建立在父母对孩子小时候的培养上。父母不是全然接受孩子的真实，而是选择性地爱孩子。孩子听话了，父母才喜欢他，久而久之，孩子就对父母讨好。这样他对自己不乖的那一面就会产生自卑，因为那一面令父母讨厌。外部评价体系更突出的体现是在学习上。父母不良的评价，会导致孩子自我评价的扭曲，因为父母只喜欢学习好时的自己。这样孩子的自信只能来自学习好，不能在这方面失败。但永远学习好几乎是不可能的，这样评价的结果，注定会让孩子遭受失败，所以也就注定了孩子的自卑。即使是那些考上了名牌大学的孩子，只要他的评价体系是外部的，他也难以逃脱自卑的影子。这也是最近几年在清华、北大这些名校里发生学生自杀的原因。

笼罩在这种外部评价体系中的高考学生，面临的压力最大，因为考上名校是他们唯一的选择，也是他们讨得父母欢心的唯一途径。从这个意义上讲，他们是很可怜的人，因为他们考不好，就将感觉被所有人抛弃。

是以上主要的原因，让考生感受了真正的压力，有了过重的压力，高考肯定考不好。

所以孩子有了问题，不要去埋怨，要理智地找找自己的原因，扪心自问一下，自己这么多年来做得对吗？做得好吗？我们知道，一个球队打不好，一定有教练的原因。你的孩子考不好，一定有你的原因，勇敢地找出和认定本应是你自己的原因吧，这个时候反省和改正还为时不晚，至少不再给孩子添压力，也是你这个当父母的责任和善意。

把时间浪费在美好的事情上

“把时间浪费在美好的事情上”，是沈阳志愿者蔡亚轩老总的个性签名，我很喜欢这句话，它诙谐幽默地反映了像蔡总等人的良好心态。人生苦短，精力有限，如果不斟酌而过，很容易蹉跎浪费——打麻将、玩游戏、看泡沫剧、参加无聊聚会、煲电话粥、闲逛街，等等。生活离不开琐碎，但如果都放在无意义的琐碎上，这一生就平庸白过了。做点有意义的事情，比如看书，锻炼身体，照顾家人，孝顺父母，勤奋工作，探索心灵世界，打坐，修行，关爱世界与他人疾苦，等等，就像蔡总所说，把时间浪费在美好的事情上，这样你的人生保证既充实又快乐。不信你就试试！

怀着伟大的爱去做一点小事

这个世上，伟大的人不会太多，绝大多数人都注定是平凡的人。我们可以允许自己不伟大，但不能允许自己不像圣者一样怀有伟大的爱。给陌生人一个微笑，向需要帮助的人伸出援手，给受伤的人以安慰，给同行的人以鼓励；为子孙的福祉少用一点水，少用一度电；为众生的家园少抽一根烟，少开一次车；为国家的进步少骂一次娘，多给一次祝福，如此等等。我们不可能都去做那些惊天动地的大事，但我们却可以用一点点小事来成就伟大的爱。海洋之所以伟大，是因为能够不弃涓涓细流；人之所以伟大，是因为能够用点点滴滴的小事来践行心中伟大的爱和理想。加油！

行善的初衷比行善本身重要

行善的初衷比行善本身重要。同样是拿出一万元来，你是全然为了那个需要帮助的人，还是表面上帮助他，实际上是为了喂饱那个“强大的自我”？不能放下自我的行善，拿出去的钱就是虚荣、炫耀和满足感的替代品。

考量一个人是否是放下自我的行善，可以从以下三个方面来看：

1. 行善不需要任何人知道；

2. 没有任何人知道还能长期坚持做；

3. 长期坚持，做到跟没做一样。

行善不是自我的扩张，而是自性的流露，它应该像我们的吃饭、睡觉一样自然，充满着我们的一生。

争着不足，让着有余

“争着不足，让着有余”，这句话是祖父告诉母亲的，母亲经常分享给我，告诉我做人的道理。

在农村，兄弟姊妹和亲属都相邻而居，经常来往走动，因此，矛盾、争执和烦恼就特别多。听到和看到他们之间的恩恩怨怨和是是非非，我总结的原因主要是人的自私，总想占点便宜，不想吃亏。一计较你多我少，就会出现我对你错。

农村经常听说邻里之间因为地或院墙多争几厘米而大打出手甚至闹出人命的，究其根本就是两家人的自私和贪欲。这个自私和贪欲一上来，人就失去了理智和情意，只想着自己的那点利益，而看不到大局和宽容。

祖父留下的话很通俗易懂，却含义深刻。东西不在多少，全在我们的心在哪里，一争抢就不足，一礼让就有余。

世上最大的饥饿是缺少爱

“世上最大的饥饿不是缺少食物，而是缺少爱”，这句话是我在一次公益演讲时说的，后来经常拿这句话跟志愿者们分享，让他们牢记我们公益的根本目的：付出爱，传递爱，让世界充满爱！

饥饿的人最需要的肯定是食物，但究其根本还是缺少爱。

他们为什么缺少食物呢？因为他们没有得到世人的关注和爱。

我们酿酒所用的粮食足够来养活所有饥饿的穷人，我们餐桌上所浪费的粮食能够养活十倍以上的饥民。

有人说，我有钱，我能喝得起酒。没错，你可以花上千元买一瓶好酒喝，但是你是否想过，这一千元如果给正在挨饿的人买食品，就可以避免几十个人因为没有东西吃而在你高兴喝酒的那会儿挨饿死去。

我们有钱任性，点了满桌的菜，然后又一点都不心疼地浪费掉。你想过没有，那些饥肠辘辘挨饿的人，很多连没钱认命的机会都没有，因为他们度不过今晚就空着肚子离开这个大家还在花天酒地的世界了。

土地如果没有雨水的滋润就会荒芜和贫瘠，世界如果没有爱的滋润就会冷漠和绝望。让我们多一份觉醒，把视野从自私的小天地放远到广阔的世界空间；让我们多一份爱，让这个世界因为你而少一点贫穷，少一点饥饿，少一人因看不到爱的曙光而在对这个世界失去信心中离去……

成全别人，快乐自己

一次在游览天台山的途中，遇见了两个抬滑竿的人，我们去的时候是下午，正是一天中最热的时候，两个人坐在狭窄的路边，忍着太阳的暴晒。上山的时候，两人就央求我们坐滑竿，我从来不坐，实在不忍心，我们徒步上山都费事，人家在陡峭的路上还要抬着你。下山的时候，我又遇见了他们俩，坐在那里，悻悻地，很失意。一问他们才知道，今天下午一个生意也没有。我的另一种不忍也上来了，就给了他们每人100元，说是我权当坐过了。他俩拉着我说什么也不要，说除非我坐上滑竿才行。我这时才明白，无缘无故给人家钱是施舍，人家心里会不安的。于是，我第一次坐上了滑竿，让他们象征性地走了20米就下来了。这样，我们大家都心安理得。

我去一些旅游区，经常会遇见那些穿着厚厚铠甲一样衣服的人，他们在旅游区的路边等待生意，找人跟他们合影，一般都是收费10元。夏天，我们穿短袖都嫌热，他们为了生意却要穿厚厚的衣服，有很多人还是聋哑人。一般遇见这些人，我都会热情地跟他们合影，给他们生意做。不是我愿意热闹，而是我愿意用这种方式成全人家。

成全是一种善意，更是一种有尊严的布施。

最无私的人收获最多

有一年我参加一个叫“帽子戏法”的摄影比赛，无意间看见，就索性玩玩，放了一张照片，我随手给所有的参赛者都投了一张票。没想到最后我得了第一名，原因主要是我给投过票的那些人回头也投了我一票。这个经历让我很震撼，也让我明白一个道理：你向别人微笑，别人就向你微笑；你愿意为别人付出，别人就愿意为你回报。

人因为无明，总是贪念不断，认为人生的富有需要你争我夺。其实，世上收获最多的就是那些最无私的人，最无私的奉

献者，也是得到最多的人，他们收获了人们的追随和敬仰。

少说多做，勇做担当者

一天，董事长问：“谁能说说公司目前存在什么问题？”

100多个人上来抢话筒。

又问：“谁能说说背后的原因？”

一半的人立马消失。

再问：“谁能告诉我解决方案？”

不到20人举手。

“那么有谁想动手试一下？”

结果只剩下了五个人。

骂者众，思虑者少，献计者寡，担当者无几。这是当下社会普遍存在的现象。

我给过“大爱菩提”两个口号：一个是“没有一句抱怨”，一个是“永不抱怨”。抱怨别人的时候，要赶紧反省自己。不要管别人应该怎么做，而要多想自己应该怎么做，自己的责任在哪里。

会骂会议论的人太多了，不缺我们这一个，这个世界永远都缺少立即行动的人，而不是整天停留在那里骂、抱怨、议论。

我们永远要做一个没有抱怨、看到责任、勇于担当的人。遇见饥饿的人，我们不要去讨论社会应该怎样完善、政府应该怎样作为，我们要做的是，赶紧给他弄点吃的，让他避免挨饿。

做一个勇于担当的人，别把一切都交给别人。

慈悲的心肠需要智慧的明灯

一个禅者在河边打坐，听到挣扎的声音，睁开眼睛一看，一只蝎子正在水里挣扎，他伸手把它捞出来时，被蝎子竖起的毒刺蜇了一下。过了一会儿，他又听到挣扎的声音。睁开眼睛一看，蝎子又掉到水里去了。他又把它救了上来，当然，他又被蜇了一下。他继续打坐。过了一会儿，他又有了相同的不幸遭遇。旁边的渔夫说："你难道不知道蝎子会蜇人吗？"

"知道，被它蜇了三次了。""那你为什么还要救它？""蜇人是它的本性，慈悲是我的本性。我的本性不会因它的本性而改变。"这时，他又听到了挣扎的声音。一看，还是那只蝎子。他看看自己肿起来的手，看看在水里挣扎的蝎子，毫不犹豫地再次朝它伸出手去。这时，渔夫把一个干枯的枝条递到了他的手上。他用这根枯枝捞起蝎子，放到了岸边。这回，他的手没有再被蜇。

渔夫笑着说："慈悲是对的。既然慈悲蝎子，也要慈悲自己。所以，慈悲也要有智慧的方法。"

好心不得好报、做好人经常烦恼的故事每天都在发生。我也经常收到大家这方面的问题，咨询者常常问道：为何一颗好心却常常被人变本加厉地欺负？

慈悲没错，但慈悲要建立在智慧的基础上，否则，你不但会伤害自己，也可能会因纵容而伤害对方。就像故事中的禅者，他的慈悲心不用怀疑，但没有智慧的指引，只能一次次伤害自己。

慈悲心是要对别人好，智慧是实施对人好的能力。只有慈悲还远远不够，还要有高度的智慧。

慈悲的心肠需要智慧的明灯。

没有千年的企业，却有千年的寺庙

“没有千年的企业，却有千年的寺庙”，这句话是我经常跟做企业的学生们分享的，也经常拿这句话来跟学生们探讨其中的究竟。

在人类的历史上，如今还没发现哪个企业做了千年，做过百年的企业已经很了不得。这是什么原因呢？除了经营的问题外，没有千年的企业，借用佛教中的话，就是无常。

企业会无常，难以做到千年，那为何寺庙会有千年，寺庙就不会无常吗？寺庙由一砖一瓦所盖，当然也会无常。

回头我们再来看看企业。企业的根本核心是利益，这个利益里面，绝大多数是人的自私和贪欲，自私和贪欲是难以让一家企业维系千年的。

懂得了这个道理，我们就明白了为何会“没有千年的企业，却有千年的寺庙”，这也是我跟学生们探讨这个话题的意义：企业如果没有担当利益众生的道义，就很难经营久长。

物质的世界再美，也都是昙花一现，只有精神是永恒的。少一点物欲的追求，多一点灵魂的探索，将是你迈向自由和幸福的路……

碗里有剩饭，路上有饥人

我生长在山沟里的贫苦农村家庭，从小就养成了节俭的习惯，但跟母亲相比，还是有些“奢华”。母亲是非常节俭的人，她结婚时买的面盆现在还用着，已经用了 54 年了。她看不惯别人浪费，总教育我们要尽量节俭。母亲不但自己节俭，还会用节俭下来的东西去帮助需要帮助的人。很多人问我为何要做公益？我说原初的动力来自母亲的熏陶与影响。“碗里有剩饭，路上有饥人”是母亲经常教导我们的话，正是这句话，鼓舞我走上了公益慈善的路。感恩母亲！

世上最大的贫穷是冷漠

看到最近的世界慈善报告，世界捐赠指数在下滑，全世界参与捐款和做义工的比例不到总人口的三分之一。全球有 73 亿多人，捐赠指数说明，有 50 亿人以上没有捐过款或做过义工。这 50 亿人中，中国占 10 亿以上。调查报告中，中国的捐赠指数在 146 个国家中排名倒数第四。

据联合国最新统计，全球目前仍有 8.36 亿贫困人口，而从未向贫困人口和弱势群体伸出援手的人却超过 50 亿，这就说明世界上最大的贫穷不是那些贫困人口，而是多数人的冷漠。

慈善是钱，但更是心。如果那无动于衷的 50 亿人能够略微慷慨解囊，我想这个世界早就不会有人挨饿、有人得了重病无钱医治、有人流落街头无人问津。

我特别感谢“大爱菩提”的志愿者，他们乐善好施，悲天悯人，每年平均捐款10次以上，这其中有很多人还长期助学或助残。

“大爱菩提”一直提倡“捐心”，不是捐赠心脏，而是指捐赠爱心和善心，只有一个又一个善心变成善行，这个世界才能逐渐从冷漠中走出来，人间才会看到更多的善意和笑脸。

信仰是长久行善的发动机

汶川地震赈灾的时候，我接触过几十家大大小小的公益组织，面对满目疮痍，亲历灾民痛苦，个个悲心大发，冒着生命危险赈灾，发誓一定把公益做到底。如今，将近九年过去了，据我了解，那时参与赈灾的公益组织，能够坚持下来的寥寥无几，大多都随着时间的推移烟消云散了。

机缘巧合，我常常有跟企业家交流的机会，经常听到他们讲自己企业的愿景。有的说几年之内要建一百所希望小学，有的说几年之内要建一千所孤儿院，有的说几年之内要帮助到一百万残疾人。听的时候，感觉他们都好伟大，觉得他们做企业都不是为了挣钱，而是为国分忧，利益他人。

多年以后，那些信誓旦旦发大愿的企业，没有一个实现了自己的目标。一部分企业倒闭了，剩下的企业家依然忙着挣钱去了。

凭着一时的热情发愿去做善事的，比比皆是，但他们往往不能持久。能够长久坚持行善的，靠的不是一时的热情，而是恒久的信仰。没有信仰的支撑，那些行善的发愿很容易被生活中的各种无常冲散。有的遇见挫折而退心，有的遇见利益而变质，有的觉得搭钱搭时间很无趣而止步。

在信仰的基础上行善就不同了，他们不会轻易被外境的改变所动摇，也不会轻易随着时间的流逝而淡漠。因为他们内心的爱是无缘大悲、同体大悲的，只有这份爱和信仰，才能让他们无论遇见怎样的人生境遇，都不会改变他们的初心，始终风雨无阻，坚韧不拔。

爱会越分越多

用一盏灯去点燃另一盏灯，原来的灯不会因此缺少什么，反而会让另一盏灯明亮起来。这样灯火相传，世界就会逐渐光明。

爱，也属于世界上少有的越分越多的那一种。一个微笑，可以绽放另一张笑脸；一个拥抱，可以温暖另一份孤单；一朵玫瑰，可以浪漫另一个心情；一句良言，可以开悟另一份智慧；一次助力，可以化解另一个危机……

让我们学会去分享爱吧，让这个世界在爱的分享中变得更加美好和温暖！

修福不消福，老了才有福

人的一生想成就任何一件事，都需要有福报。福报好比存款，做善事修福就是存入，图享受消福就是支出。要想存款多就需多积攒少浪费，要想福报多就需多修福少消福。

人是会老的。人老时，都想晚年安康，想得到善终，那就记得平时多修福、少消福。

我们常在对联中看到一个词，叫“五福临门”，这五福中最后一福叫“考终命”，就是尽享天年、无疾而终，即善终的意思。善终是人生的大福报，更需平日多多积攒。智慧的人懂得平日修福，同时又懂得惜福，不去轻易挥霍福报；愚痴的人既不懂得修福，又不懂得惜福，早早地把福报享受没了，老了注定凄惨。正是：年轻享福不算福，老来受罪真是罪！

布施是到彼岸的渡口

学佛人知道，《心经》全名叫《波若波罗蜜多心经》，“波若波罗蜜多”是梵文音译，“波若”是大智慧；“波罗蜜”是到彼岸，多是尾音词，“波若波罗蜜多”翻译过来就是用智慧从生死此岸度到解脱彼岸。

布施是六度之首，是度彼岸的渡口，去彼岸的人要在这里上船。为什么呢？因为上船之前先要放下，放下钱财，放下内心的贪执。身上带着太多沉重的东西，是无法登船的。

布施就是放下，天天布施就是天天练习放下。放下了，你就该登上智慧的大船了。

布施就是福慧双修。福一大部分就是要由布施而来；而想要解脱到彼岸，又必经布施这个渡口，否则，你很难登上智慧的航船。

爱出者爱返，福往者福来

“爱出者爱返，福往者福来”是一句禅语，意思是说你爱别人，最终一定会得到别人的爱，你付出福报，最终一定会得到更大的福报。这是宇宙的规律，就像在山谷里喊话，会听到回声一样。

帮助别人就是帮助自己，不管你要不要回报，它都会回到你身上。可能回报的不一定是钱和物，而是另一些方式，诸如身体健康、家庭和谐、事业顺利、智慧增长、子孙有福等等。

帮助别人而恩泽了自己，人世间还有什么比这更划算的事呢？所以我们要多去帮助别人。温暖别人，恩泽自身，一举两得，岂不快哉！

公益是生命与生命的美好祝福

公益不是同情，公益不是可怜，公益也不是高高在上的施舍。

公益是对苦难的分担，是默默搀扶的双手，是心底无限善意的祈祷；

公益是让施者懂得低下头，谦卑地看待一切；公益是让受者感受到生命的尊重，并能自信地看到光明的未来。

公益是手与手、心与心的自然连接，公益是春风化雨般的温暖传递，公益是生命与生命的美好祝福。

世界为我所用，而非为我所有

我第一次跟团旅游的时候，到哪里都想买东西。每个地方都有特产，看到总想买些带回去，结果买了很多，后来都拿不动了，恨不能寄回家里。喜欢的东西成了累赘，轻松的旅行变成了负担。那一次教训很大，从此旅游时我就不再那么贪心了。

人生就是一场旅行，本来应该轻轻松松、快快乐乐，但是，随着内心的贪欲和占有，让我们拥有的东西越来越多，负累的东西越来越重，于是，旅行不再那么惬意，而是步履沉重，处处牵绊，甚至忧心忡忡。

修行就是在做减法，最重要的功课就是练习放下。罗马帝国的创造者凯撒大帝，威震欧亚非三大洲，曾经不可一世。临终时对侍者说："死后请把我的双手放在棺材外面，我要让世人知道，伟大如我凯撒者，也不过是两手空空！"

我们哪个人有凯撒大帝拥有的多呢？他都两手空空，我们最后会拥有什么呢？

这个世界没有什么是你的，所以，什么事情都别那么执着，一执着就迷失，一迷失就痛苦。

我们都是这个世界的过客，世界的一切都可以为你所用，但不能为你所有。满怀感恩去爱，然后就是放下，放下，再放下……

舍就是得，不舍不得

一次，朋友陪我去一个山上看风景。走到半路，遇见一家饭馆。因为还要继续上山，茶杯里只有半杯水了。朋友便想去向饭店的老板要点热水，把杯子装满，并想着下山的时候在他家饭馆吃午饭。怎料朋友去要水的时候，饭店老板说要收费，朋友生气就不再要了，下山的时候没在这家饭馆吃饭，宁愿远一点饿一点也到了山下吃饭。

半杯热水是举手之劳的事，老板因为这半杯水失去了一顿午饭生意，更重要的是老板也同时失去了口碑。人的念头就是这般有趣，一善念财源就来，一恶念障碍就来。

汉语中有个词是“舍得”，这个词揭示了佛法的真理，那就是“舍”就是“得”。“舍”是在山谷中的喊声，“得”是山谷同时的回响。舍得就是一个因果，“舍”是因，“得”是果。“三世因果歌”里说得明白，今世大部分的财富和成就，都是前世舍得的结果。舍就是布施，就是利益他人，利益众生。

舍得春风，收获秋雨；舍得微笑，迎来暖意；舍得包容，化作慈悲；舍得布施，迎来福气。

只要你舍出的那颗心是纯善纯美的，你放心，早早晚晚，上帝总会给你一个温暖的惊喜！

生柴燃尽，自留余灰

一个志愿者创建了一个公益团队，做了两年了，越做越辛苦。我一直在他的群里，知道他的问题。昨天他向我诉苦，我给了他一句话："去掉我执不攀缘！"

攀缘就是有所求，一有所求就痛苦不断。无论做什么，攀缘心强烈的，都很难有好结局。挣钱、做事业、谈恋爱、做公益、拜师学佛等，都存在大量的攀缘。攀缘就是缘分不成熟或不是你的缘分，硬要去强求，结果苦从中来。

有句俗语这样说："生柴燃烧起来，不用特意去求，灰烬会自然产生。"同样的道理，如果是你的缘分，也不必苦求，自然会来。

最初带队做公益的时候，我也有攀缘心，人少队伍小，做大型公益想要结果，难免着急。后来发现，攀缘好辛苦，结果也不是多好，还会弄出违缘来。懂得这个道理以后，我就给"大爱菩提"立下一个规矩：随缘不攀缘，快乐做慈善。只要你做得好，认真负责，自然会感召大量的同道人进来。

五明佛学院的创始人晋美彭措说过："只要你有一颗强烈的利他心，你不用刻意去争取，自己的利益也能无勤成就！"他有这个德行，所以才把五明佛学院建成了世上最大的佛学院。

所以，无论做什么，德行够了，一切你想要的都会感召而来。

海因低而博，人因谦而德

地球上最博大的面积是海洋，海洋之所以能够有这般的成就，就是因为它比所有的地方都低。不弃涓涓细流，而成就海的浩瀚。

人也一样，最有成就的人也都是最谦卑的。古希腊伟大的哲学家苏格拉底说：“知道的越多，就越觉得自己无知。”虽然这句话有苏格拉底的谦卑，但同时也说出了我们认识这个“娑婆世界”的规律。

我看过一场钢琴交流会，年轻的钢琴家大多趾高气扬，而那些最有成就的大师，却是谦卑至极。他们上台要给观众和协奏的人员行大礼，躬身致敬。这一幕给我留下了深刻的印象，并让我为之反思。

俗话说，无知者无畏，越是没有知识、修养和德行的人，就越是容易骄傲，看不起别人。

我常跟学员分享：你一骄傲，上帝就发笑。我们应该自信，不应该自卑，但自信不是骄傲。而骄傲既可能不相信别人，也可能不相信自己。所以，骄傲本质上是无知的象征。

佛陀在菩提树下开悟，证得了诸法实相，成为了大成就者。但佛陀不会因此而骄傲，见到普通的居士还是要问询行礼。我们谁会有佛陀的地位和成就呢？人家都能如此谦卑，我们还有什么资格骄傲呢？

我一向叮嘱“大爱菩提”的服务人员要谦卑待人，这样会

服务好我们的家人，对自己也是极大的修行。

记得：别人对你恭敬，不一定说明你有什么能力，但却可以说明对你恭敬的人有德行。

美好的人生从行善而来

有人跟我说：“我不行善，但我也不作恶，应该算是个好人吧？”我回答说：“不错，算是好人，不过只能算是个小好人！”

一颗种子埋在地里，有了土壤和水分还不行，还要靠阳光的照耀。如果把不作恶看作是种子发芽成长的一部分条件，比如土壤和水分，那么阳光的照耀就是种子发芽成长的另一部分条件，没有阳光的照耀，种子很难发芽和成长。我们的人生就像一颗种子，行善就是那阳光。

真理不只是在殿堂里

一个世界顶级的小提琴家做过一个实验，自己穿着普通的衣服，拿着世上最昂贵的小提琴，在地铁的过道里演奏最精彩的小提琴曲。结果，在几个小时的演奏里，大部分人都是匆匆而过，视而不见，只有极少数人停下了脚步，在听演奏。

而在演播大厅的独奏音乐会，同样是这位小提琴家，一票难求，音乐会上人山人海，观众对小提琴家崇拜至极，那时听的音乐简直是天籁之音，其实，小提琴家演奏的曲子跟在地铁演奏的一样。

我们众生的知见就是如此，正知正见可能没人理会，我们愿意理会那些大家推崇的有点广告效应的东西。这就是我们不断愚痴地轮回还自得其乐的原因。

真理不只是在殿堂里，也可能在地铁演奏者的帽子里。

孝顺的四个境界

孝顺是东方文明中宝贵的财富，儒家思想和佛教中都十分重视孝顺。孝顺可以看出一个家族的传承，也可以看出一个人的品质。

孝顺可以分为四个境界：

第一个境界叫：孝父母之身。就是说像爱惜自己身体那样爱父母，让他们居有定所，衣食无忧。

第二个境界叫：孝父母之心。就是说关怀父母的内心世界，让他们内心安宁，不孤独寂寞。

第三个境界叫：孝父母之志。就是说自己努力成为父母所期待的人，成为父母的骄傲，实现他们的志向。

第四个境界叫：孝父母之慧。就是说帮助父母成为有信仰的人，让他们的灵魂有归宿，让他们成为一个有智慧面对人生和生死大事的人。

孝顺的第一境界为小孝，但能做到的也令人敬佩。孝顺的第二境界为中孝，能做到的很难得。孝顺的第三境界为大孝，能做到的很令父母欣慰。

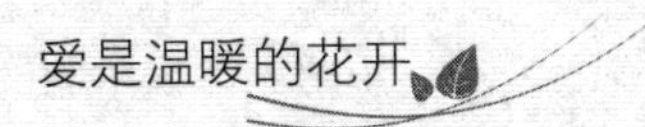

前三个境界能做到的可谓是个大孝子，但孝顺还不能只停留在这里，还要迈进第四个境界。无论你给予父母多么好的物质条件和名声，这些归根到底都是无常。

放眼未来，善对当下

有人小时候一无是处，长大了成为了著名的企业家；有人学生时代默默无闻，毕业多年后在仕途上春风得意；有人小时候自卑胆小，长大以后成为了有名的演讲家；有人与父母叛逆对抗多年，甚至离家出走、漂洋过海，中年以后却成了大孝子、大孝女。

所以，不要目光短浅，也不要早早地用盖棺定论般的心态去对待身边的一切，你不知道哪块云彩会下雨，更不知道将来的一切会怎样发展，怀着一颗善心，加上高瞻远瞩的胸怀，来成就当下的美好和未来无限的可能……

弯路未必是坏事

不让孩子走弯路，留给孩子的未必是条直路。人生的大觉悟大成长多是从弯路走出来的，一直走直路的孩子没有得到从弯路中吸取的教训和经验，在他自己独自走的那段弯路上，就会被动、茫然和无助，他将会用许多挫败感和难过来回报你当初拼命的呵护。

包办代替和溺爱是你给孩子预埋的陷阱，尽管上面铺满了鲜花，但孩子最终会在路上掉下去，没有一个会例外。

认准了方向，便只管风雨兼程

方向对了，剩下的成功基本都靠坚持了。我在无数个成功的人身上看到了这一点，当年他们起步的时候，没有几个人相信、看好他们，甚至还要面对嘲笑和反对。但他们不灰心，也不会被这些反对的声音所动摇。他们经年累月地付出，扛着压力走，默默处理伤口和失败的心情，孤独地走过寒冷又恐惧的岁月。但是，就是凭着这样的信念和坚持，他们走到了成功的黎明，迎来生命的曙光。

成功的路上不拥挤，因为绝大多数人都在路上放弃了。想要成功，就不要争一朝一夕，也别顾及太多人的眼光，认准了方向，便只管风雨兼程……

一切痛苦都来自私心以及对它的执着

一个志愿者做公益多年，在当地很有名气。随着公益队伍和名气越来越大，他的烦恼也越来越多。有人反对，有人离开，一年一度的当地好人评选他也没被评上。他向我诉苦，我说不要埋怨别人，要回头检视自己的发心是否清净。求名求利这种不清净的发心，注定是要有烦恼的。就像湖面上丢块石头注定要起涟漪一样。这块石头就是我们的私心。有私心就有欲求，有欲求就有贪执，有贪执必定生起烦恼。想要轻松自在没烦恼，就要去掉我执私心，因为人类的一切痛苦都来自私心以及对这个私心的执着。

放弃繁星，才能收获黎明

一个学生好久没做功课，我问他为何，他说做了两个公司，最近又投资了两个项目，没时间，又忙又乱，也很烦恼。我给他的建议就是减少投资，主攻一门，免得杂乱无章，搞得焦头烂额。

做心理咨询的时候，有一个年轻的来访者，同时处五六个男朋友，搞得自己身心疲惫，精神都要崩溃。

城市里的家长为了让孩子出人头地，给孩子报很多业余学习班：英语、钢琴、舞蹈、奥数、绘画、围棋、游泳、声乐、跆拳道等等，课余时间家长领着孩子像走马灯一样上各种班，让孩子透不过气来。

无论做事业还是处男女朋友，还是让孩子学习业余知识和技能，都不能太贪，一贪就多，一多就乱，一乱就苦。

我的女儿业余只学习过英语，除此之外没再报任何课外学习班，但就是在英语课外学习的过程中，她找到了感觉，培养了自信，取得了成绩。浅尝辄止永远都不如一门深入，俗话说，贪多嚼不烂，克制住人性的弱点，你就会轻松、安宁。

夜晚的星星很多，很美，但你不能贪恋，因为只有放弃繁星，你才能收获黎明……

修行就是修理自己

人生中最容易做的一件事就是抱怨别人，最难做的一件事就是修理自己。抱怨别人好轻松，不用负什么责任，随口就来；修理自己好难过，不但要承担责任，还要做切实的努力。但抱怨别人于事无补，只会让事情越来越糟，自己的心灵不但不会成长，还可能退化。修理自己很痛苦，一般也很缓慢，就像冰山被阳光融化一样，虽然缓慢，但每天都会默默改变，时间久了，你就会收获让身边的人和自己都感到意外惊喜的大成长。

修理自己吧，难过之后是快乐……

成为他，你才能更好地理解他

“不养儿不知父母恩”，没有成为父母，你很难真正体会做父母的不易。自己如果没有辛苦挣钱的经历，你也很难真正理解父母当初挣钱养你的不易。自己如果没有大病一场的经历，你就很难体会别人病中的痛苦。自己如果还没有老，还没有走路蹒跚，没有牙掉光了吃不了东西的那些体验，你就很难真正理解老人生活的不易。

同理心和换位思考是很难的，最好的解决办法就是让人身处其中，身临其境。我们真正理解一个人可能需要几年，几十年，甚至一生。更多的时候，不是时间，而是你没成长到那个程度。

不是云朵，你不会知道天空的心；不是菩萨，你不会知道她有多慈悲。因此，想要多理解别人，最好的办法就是成为他。

夏虫不可以语冰

如果你没有蹦过极，你可能会认为蹦极没有什么好的，太刺激，弄不好还可能一命呜呼。

如果你没有吃过哈根达斯，你可能会认为哈根达斯没有什么好吃的，那么贵，真是浪费。

如果你没有谈过恋爱，你可能会认为谈恋爱没有什么好的，死去活来的，纯粹是自寻烦恼。

任何事情，只要你没有身临其中，你就难以品尝到那种感觉，你的感觉只能是猜测和臆想。

同样的道理，修行没有达到一定的境界，我们是无法了解那个境界里的状态和感觉的，就像住在一楼层的人只能看到窗外的花草和行人，而住在100楼层的人却能看到整个城市的景象。

作为一个凡夫，无论你修得多好，你都无法理解一个完全开悟的人，他的想法、做法和他的出其不意。“夏虫不可以语冰”，正是这个意思的写照。

世间所有的快乐都是在利他中获得

这个世界的畅销书太多，这个世界聪明的人好像也太多，他们会告诉你很多幸福快乐的秘诀。但如果他们没有告诉你这两个字，你就千万别信，否则就是害了你。这两个使人幸福快乐的字就是“利他”。

《入行论》中说：“所有世间乐，悉从利他生；一切世间苦，咸由自利成。”

翻译过来是：“世上的一切快乐都是从利他而产生的；世上的一切痛苦，都是由自利而引发的。”

鞍山好人、全国道德模范郭明义一生献血上百次，资助贫困学生 40 多人，很多人不解他的行为，管他叫“郭傻子”。其实，管郭明义叫傻子的人才是真傻子，因为他们不懂得利他是一切快乐的基础。

我常说一句话：“帮助他人，快乐自己！”如今这句话连志愿者家里的小孩子都记住了。那些志愿者是不是跟郭明义一样都是“傻子”呢？没有任何经济报偿，还要无私地付出金钱、精力、时间和劳动，尽管这样，他们还能够长年累月地坚持做，他们真“傻”吗？不是的，他们才是真正聪明的人，因为一个不求报偿的行为如果不能给人带来快乐，是很难让人自觉持续地做的。他们看似没有报偿，其实，报偿是最多的，这个报偿就是心灵真正的成长和心底切实的快乐。

这个世界最不让我们快乐的有两个领域，一个是纷纷扰扰的利益世界，一个是爱恨情仇的情感世界。利益世界充满着物欲贪婪，情感世界充满着情色贪婪，两种贪婪归结为一个词就是自私。在自私的世界里，很难寻找到真正的快乐，即使有也是虚幻的、短暂的，那些虚幻、短暂的快乐过后就是无穷的烦恼、痛苦、纠缠和伤害。

利益世界对应一个“贪”字，情感世界对应一个“痴”字，两个字背后都透露出一个“嗔”字，有了“嗔”，人还怎样去安定快乐呢？“贪嗔痴”三毒是修行要克服的主要功课，这个功课过关了，人就容易幸福快乐了。

《华严经》上说：“若令众生生欢喜者，则令一切如来欢喜。”我们自性圆满，不也是如来吗？所以，想让自己欢喜，先要让众生欢喜，这是幸福的不二法门。

吉人寡语，贵人言慢

越有修行的人说话越少，越没修行的人说话越多。为什么这样说呢？因为有修行的人心在道而不在口，没修行的人心在口而不在道。喋喋不休地说话，要么内心焦虑，要么我执严重，所以，看一个人修行的好坏可以从他话多话少之中来判断。

《无量寿经》上讲“善护口业，不讥他过”。把“善护口业”放在第一位，原因就是我们的嘴造业太多。

俗话说，言多必失。话多有几个坏处：一、容易搬弄是非；二、容易造业；三、容易浪费时间；四、容易惹心不静。

禅宗里有一个故事，说是两个大禅师见面喝茶，喝了一天没说一个字，喝完两人默默离开。在大禅师心中不需要再多说什么，一切明了，一切自在。我们凡夫就要不停地说啊说，说出了是非，说出了烦恼，说出了心乱。

当然，工作、交流和利他的需要时，话还是要说的，这个不在其中。其余的时候，我们要尽量少说话，护住嘴，守住心，一切自在安宁。

身边的一切都可以成为你成长的养料

如果你能时刻保持一颗觉悟的心，那么，身边的一切都可以成为你成长的养料。

面对一个成功却极其自负的人，你不会再是嫉妒和嗔恨，而是能在他有点“讨厌”的自负里看到人家拼搏努力的身影。

面对一个自卑甚至一无是处的人，你不会再是瞧不起或是只剩下同情，而是在他“一无是处”的外表里能看到那颗完美的佛心，并想办法帮助他认识到这一点。

只要你时刻有一颗觉悟的心，身边的一切都将不会再是那么无聊，它们都将变成你生命的养料，滋养你，帮助你走向更大的开悟和觉醒。

善门开，吉兆来

经常会有这样的体验：做公益的时候，当天晚上或第二天早晨做功课的感觉会很好，反思后感觉自己并没有自我暗示，那种良好的感受是自然发生的，舒畅轻松。

不但我有这种感受，很多公益人都有这种感受，他们普遍反映：做公益的时候，天气普遍好，道路普遍通畅，遇见的红灯少，很容易找到停车位。这就是中国的古话所说的“人有善念，天必佑之”吧。

人心一善，就与天相应，自然就会出现吉兆瑞祥，所以，我们想要好运连连，就要时刻善门大开。

拼命不如改命

一只麻雀从窗户飞进了房间，进来就感觉不妙，于是便拼命往外逃命，在屋子里飞来飞去，多次撞到窗户的玻璃上，麻雀都撞晕了。趁它晕了的时候，我抓到它，把它放到外面，麻雀一溜烟高兴地飞走了。

其实想想，我们很多人的人生也像这只麻雀一样，在遇见困境的时候，看不到出口在哪里，只是拼命乱闯乱撞，自己扑腾得很累，还常常撞得晕头转向，甚至头破血流，满脑子恐惧不安，忧心忡忡看不到希望。

遇见困境，智慧的做法不是去拼命，而是让自己冷静下来，别像那只麻雀，如果不是使劲往玻璃上撞，而是冷静下来看看出口在哪里。

乱中一定会出错，为什么呢？因为心一乱就迷，智慧就封闭起来了。一杯浑浊的水，越搅越浑，想让它清一点，就要让它安静下来，沉淀一段时间，水自然会清一些。

勇往直前的精神是可嘉的，但前提是要在智慧的基础上，否则就是乱闯乱撞，达不到目的，还可能会危险重重。

命运完全是可以改变的，但不要通过拼命去改，而是要通过智慧去改。

今天送给在困境中的人一句话：拼命不如改命。

心是问题的答案

感动不了别人，说明你真诚心不够。要明白至诚感天的道理，你就不会去埋怨别人，而应该检视自己的心是否足够真诚。

感召不了别人，说明你德行不够。不要嫉妒有人一呼百应，说明人家德行比你强，要向人家学习才对，而不是嫉妒。

改变不了困境，说明你福报不够，智慧不足。不要拼命挣扎，怨天尤人，要认识这个真相，才能一点一滴改变。看别人不顺眼，说明你修行不够。

懂得这个道理，你就要停止一切抱怨，一切外求，向内看，向自己的心求。心是问题的答案，有求必应。

修行好，烦恼少

天气好不好，主要看云量有多少，云量多了就看不见蓝天，如果再多就要下雨了。

修行好不好，主要看烦恼有多少。烦恼是检验你修行的主要标志。不管你有多虔诚、多用功，一天念多少佛、诵多少经、打多少坐，只要你的烦恼没减少多少，或还增加了，就说明你的修行有问题。

无论你怎么狡辩，烦恼最能说明你修行的程度，就像你的工资表，别人可能不知道，你最是心知肚明。

在淤泥中长出洁净的荷花

只要你有足够的修行，一切环境都可以成为你精进的“道场”，一切逆境都可以成为你修行的“增上缘”。荷花生于淤泥，没有和淤泥同流合污，也没有抱怨、憎恨，反倒默默成长，最后长成亭亭玉立、一尘不染的荷花。所以，不要怪环境不好，也不要怪身边的人不行，要怪就怪自己没有足够的修行。

有了足够的修行，一切外缘都可以化为修行的“道用”，就像荷花，淤泥不但不是违缘，反而是滋养它生命的沃土。

修行就是走出你的舒适区

一个志愿者的母亲是很任性的，丈夫要让着她，孩子也要让着她，不然，她就又哭又闹，再不就是生病，搞得家人很无奈。她去哪里都觉得不好，见到谁都觉得人家不对。后来自己有几个闺蜜也不来往了，甚至自己的娘家也不愿意回。她躲在了自己的小家，在丈夫和女儿的无奈包容中，“舒适”地过着日子。

其实，这样的人很多，虽然不一定有这位母亲这般严重，但几乎都活在了自己的舒适区里，不愿意迈出去，因为一出去就会感到不习惯、不喜欢、不舒服。

这个世界不是因你而有，人人也不是因你而生，谁也没有责任来照顾你的舒适。修行就是有勇气走出你的舒适区，可能开始你会有强烈的不适应，不过没关系，你要挺住、忍住，把这些舒适区外的人、事、物当成修行。只要你这么一想，那些不习惯、不喜欢、让你不舒服的人、事、物就不那么令人讨厌了。这时，你会发现，不是它们找你麻烦、太令人讨厌，而是你内心太抵触。

外在一切的不顺眼、不喜欢，都是我们内心的投射，当我们内心圆满的时候，那些不顺眼和不喜欢就不见了，那时，你将看到和谐、美满又舒适的世界。

指出缺点，是最好的老师；
切中要害，是最好的教导

如果你身患重病，你最希望医生一检查就能给你确诊；如果你需要手术，你最希望医生一刀下去就能解决问题。

身体患病我们最希望医生眼光独到，医术精湛。但心理患病呢，我们还这么希望吗？希望别人一针见血地指出我们的缺点和问题吗？

事实上，大多数人都不希望如此，不但不希望别人指出，

自己还想办法遮掩和逃避。

我们累积的习气太重了：我们图虚荣，要面子，喜欢别人的赞美和奉承，难以接受别人的批评。哪怕这个批评是来自老师的，我们也一样不想接受。

这种遮掩和逃避是危险的，就像有了重病不去看医生。重获健康的第一步是确诊，就是有人能够指出你的毛病。第二步是切中要害的治疗。无论身体还是心理，治疗方法是差不多的。

所以，从修行和成长的角度上讲：指出缺点，是最好的老师；切中要害，是最好的教导。

见人不是，诸恶之根；见己不是，万善之门

每天都会收到大量的咨询信息，问题各种各样，其中一种是抱怨的：抱怨领导不好，抱怨公婆不对，抱怨老公问题多多，抱怨老婆不可理喻，等等。可以说，几乎什么样的抱怨我都遇见过。

我们每个人都有这样和那样的缺点和不足，写文章的我和阅读此文的你都不例外。在娑婆世界想要找到一个完美的人，那是痴心妄想，即使再世明师也一样。所以，停止抱怨走向反省是解决问题的唯一开始。

我给出的答案都是反省自己。就拿公婆不好来说，你要反省自己都做了些什么。你像对待自己的父母那样爱你的公婆吗？你是否有分别心？你是否有足够的耐心？你有让他们感动的孝心吗？不要说你对他们有多好，你要扪心自问。很多看似

的好是表面的，并不是真心。要知道，感动不了别人，一定是你的真诚心不够。至诚是可以感天动地的，何况是人了。

“遇事不顺，反观自己”是我常送给那些来抱怨的人。“见人不是，诸恶之根；见己不是，万善之门”，这是人生幸福的秘诀，更是一个修行人的觉悟和心地。

再贵重的佛珠也不如一颗修行的心

几年前去广州讲学，吃饭的时候，一个学生挨着我坐。他拿出自己的佛珠手链，要我猜值多少钱。我一看他的手链是蜜蜡的，就说：“应该很贵。”学生说，他的手链四万多买的。随后他问我：“老师的手链多少钱？”我回答：“四百多。”

面对席间的所有学生，我一边拿着学生的蜜蜡手链，一边跟他说：“这说明两点：第一，你比我有福报，能买得起这么贵的手链；第二，你要比我更加努力修行，因为你的手链比我贵一百倍，不修行对不起它！”

几年过去了，这件事我已经忘记了。最近，在一个学生组织的“日行一善群”里见到了他。他在群里郑重向我承诺，说准备把蜜蜡手链卖掉，钱用于“大爱菩提”的公益。我恭喜了他，为他点赞。群里也是一片点赞和欢腾。

我们开始修行的时候，难免注重形式，这点很正常。从形式走向内容，从外在走向心里，这是修行的过程。我们要清醒这一点，不要长久停留在形式和外在上，要早点走入内心的修行。

我很欣慰那个学生的变化，不是他能够拿出钱来做公益，而是他放下了手链贵重的感觉，提起了内在修行的重要。这对他来说，意义非凡。

一切外在的东西，都不如一颗修行的心，这颗心要贵于一切珍宝。因为它是如来藏，能生万有，能解万愁。

听闻称赞声，反生惭愧心

我们经常看到的佛像，佛多半都是闭着眼睛或是半闭着眼睛的，一方面显着佛慈悲柔顺，另一方面寓意佛谦卑低调。

圣者如此，我们凡夫更要谦逊做人，不可生起傲慢心，耽误了修行的前程。

如果有人称赞你，不要窃喜，更不要洋洋自得，要赶紧生起惭愧心，检视自己的不足，反观自己哪里还做得不好，这样才是修行人的态度：一来尊重了称赞你的人，二来为下一步修行又做好了准备。

听闻称赞声，很容易滋生我慢心，这对修行极为不利，只有常观己过，懂得誉之不喜，才能够精进修行，成就圆满人生。

痛苦的时候，帮助别人就是良药

这是一位美国作家兼心灵导师所说的话。她身世坎坷凄惨，很小就成为孤儿，后来混进了黑社会，好容易成家又遭遇丈夫背叛而离婚，还没走出阴影又得了癌症，人生悲惨之事都让她赶上了。她多次想自杀了此一生，偶然间看到了这句话：“痛苦的时候，帮助别人就是良药。”于是她尝试去做义工帮助别人。在做义工的过程中，她发现比她悲惨的人还有很多。把心思放在需要关爱的人身上，她逐渐感觉自己不那么痛苦了，身体状况也是越来越好，几年过后癌症竟然不治而愈。于是，她坚信这个道理，她开始开班来无偿帮助那些身心痛苦的人，后来她成为了很有名气的作家和心灵导师。

我们的经历大多没有这位女士那么悲惨，但我们一样会陷在自身的痛苦中，为什么呢？主要源于我们太专注自身的这点痛苦而不能自拔。这样的人很像是掉进了自我设限的井里，只看见黑洞洞的四壁，看不见井外广阔的天地。整天在自己的小天地里自艾自怨，总觉得自己没有合适的鞋子穿，看不到有很多人没有脚，没有条件穿鞋。

佛法说，痛苦是我执的结果。人生绝大多数痛苦是我们心量还不够大。痛苦是一勺盐，心量小的人就像一杯水，放进去很苦；心量大的人就像一条河，一勺盐放进去感觉不到。帮助别人就是把心量放大的过程，在这个过程中，你在对别人的关注中，不知不觉就减少了我执，不会整天为自己的那点小情绪小烦恼而纠结了，你会发现世界原来那么大，从前让你困顿的阴霾将逐渐散去，你的世界将无限广阔、充满阳光。

“痛苦的时候，帮助别人就是良药”，我很愿意把这句话奉献给大家，希望你的人生从此也因为这句话而受益终生！

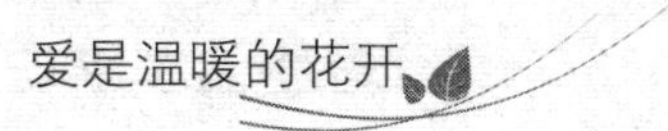

如果有一天你醒悟了

如果有一天你醒悟了,你就不会埋怨你有一个不好的父母,因为你能在他们那里降生,是你们有“共业”,也许父母还担待了你许多。

如果你有一天醒悟了,你就不会埋怨自己长得不好,长得不好受到的诱惑会少很多,这样你会少造业,也会安下心来修行。

如果你有一天醒悟了,你就不会埋怨自己事业不顺、财富不多,因为事业成功和拥有财富主要是因为你有福报。懂得了这个道理,你就应该去勤修善业,积累福报。

如果有一天你醒悟了,你就不会埋怨挫折太多、痛苦不断、命运多舛,因为这一切来到你的生命里,是来给你提醒的,懂得了这一点,你就会感激那个痛苦和挫折,因为它们是礼物,是上天对你的厚爱。

每一个人生的烦恼,都是开启智慧之门的钥匙;每一个生命中的痛苦,都是你修行成长的“增上缘”。只要你醒悟了,你就不会再埋怨一切,你应该做的是好好地珍惜,然后满怀感恩地上路,喜悦精进地修行……

时刻学会转念

热闹的早餐店里,一个六十岁左右的妇女,坐在座位上不停地咳嗽。旁边的人总是扭头看她，也有人投以异样的眼光。

这个情景可能会检验我们。厌恶、鄙视，甚至嗔恨那个咳嗽的女人，这似乎也很正常。人家在吃早餐，她这样不停地在人家身边咳嗽，一旦有传染病怎么办？起码是不卫生的吧？这是正常的逻辑思维。

但如果这个女人是你的母亲或者姐姐呢？你还会厌恶她吗？或者是说她、骂她一顿？我们不是很了解她，她是真的没素质还是病得严重？

如果你能这样转念，你就不会一被别人干扰就生起烦恼和厌恶感，而是能在这种情景中去体谅那个干扰你的人，继而生出悲悯来。这不意味着你可以不讲卫生或者不怕传染病，而是意味着你可以在保护好自己的状态下，能用心地去体谅和爱别人。

感情用事几乎都会把事情弄糟糕

一个志愿者向我咨询他朋友的事，这是他第二次咨询。几年前他咨询过一次，那时他朋友的儿子和老婆吵架，他朋友全家都替儿子说话，一致抨击儿媳妇的不是。这次咨询是他朋友的儿子因旅游途中与人发生口角，把人打成重伤而被抓。

有句老话叫“惯子如杀子”，当年这位志愿者咨询的时候我就在想，他朋友一家如果不反思自己，一有问题就推到别人身上，长此以往，就会害了他的孩子。果不其然，今天他的孩子面临审判和入狱，这个结果是沉重的，但却是他们一家应该尝到的苦果。

在生活和咨询中我发现，有很多非常善良的人，一辈子总受欺负，总受伤害，让人看了很痛心。

除了同情他们的遭遇，我常常会陷入深刻的思考当中。

佛法里有句话叫“情生智隔”，简单讲就是感情用事的时候，智慧就隔离了。其实，这里的“情”不只是感情，而是指无明下的情识，是指我见、我执、我慢、我爱。有了这个“我”，就看不到事实和真相，阻碍了智慧之眼，迷失在自我短见的世界里。就像那个志愿者的朋友，感觉好像很爱孩子，对孩子很有感情、很负责。其实，没有一颗平等的智慧心，在看似很爱孩子的教育中最终把孩子害了。

佛陀在临终时为弟子阿难说了四大教言，也叫“四依法”，其中一个是“依智不依识”，这句教言就是告诫世人依靠智慧而不能依靠情识。人生只有依靠智慧才会把握和处理好一切事情，反之，就会把事情弄得越来越糟糕。

没有觉醒，越努力就越错误

再温习一下这个故事：

“我今天来上朝的时候，在太行山一带遇见了一个人，正在面朝北面驾着他的车，他告诉我说：‘我想到楚国去。’我说：‘您到楚国去，为什么往北走呢？’他说：‘我的马很精良。’我说：‘你的马虽然很精良，但这不是去楚国的路。’他说：‘我的路费很多。’我说：‘你的路费虽然多，但这不是去楚国的路。’他说：‘我的马夫善于驾车。’这几个条件越好，离楚国就越远。”

这是历史上著名的“南辕北辙”故事，比喻行动和目的正好相反。

其实，这个故事还可以说明一个更深刻的道理，就是人生没有觉醒，越努力就越错误。

比如，人生的幸福不在于拥有更多，而在于知足少欲。大多数人不懂得这个道理，拼命追求，可能拥有越多越追求，越追求越痛苦，这样的恶性循环如果不觉醒，就只能越来越痛苦，看不见幸福的希望。

苦海无边，回头是岸。苦海就是没有觉醒，苦苦追求错误的东西；回头就是觉醒了，知道了方向，有了智慧，人生从此走向光明。

凡夫转境不转心，圣人转心不转境

苏东坡在瓜州任职时，与江对岸金山寺的佛印禅师交好，两人经常谈禅论道。一日，苏东坡写了一首诗，来表达自己的修行境界有所提升，诗云：“稽首天中天，豪光照大千；八风吹不动，端坐紫金莲。”

表面是赞叹佛菩萨，实则为自喻，说自己不为“八风”（指人生活上所遇到的称、讥、毁、誉、利、衰、苦、乐等八种境界，能影响人之情绪，故形容为“风”）所动。写完之后，他很是得意，满心欢喜地派书童送往佛印禅师处求印证。禅师看后，批了两个字，就叫书童带了回来。苏东坡以为禅师一定会赞赏自己的境界，急忙打开批示，只见上面只有“放屁”二字。他气坏了，当即乘船过江找禅师理论。没想到，禅师早就在江边等他了（也有说在寺院门口）。苏东坡气势汹汹，一见禅师就劈头盖脸地质问："我一直拿你当好朋友。我的修行境界，你不认可也就罢了，怎么可以骂人呢？"禅师若无其事地说："怎么骂你呀？"他就把这两个字拿给禅师看。禅师见后，哈哈大笑，说道："八风吹不动，一屁过江来。"苏东坡也算是利根者，当下醒悟，非常惭愧。

我们常常认为自己有修行，一对境练心的时候，就知道自己的境界在哪里。就像苏东坡，一个屁就能被打过江来。

修行就要逐渐修炼到如如不动的境界，而不是动动不如，心不随境转，才能安住当下，把握身心。

不过，要达到如如不动的境界是很难的，这需要长期的修行，还要不断地克服强大的习气，才能日臻成熟。

莲花为什么会被佛教称为圣物？就是因为莲花不被尘所染，不被境所转。我们要向莲花学习：改变不了淤泥的颜色，却可以长出圣洁的青莲。

眼前便是世界，当下即为永恒

达摩祖师可以在洞里面壁打坐九年，我们很多人打坐九分钟都做不到，为什么呢？这就是圣者与凡夫的区别，圣者心定而天下安，凡夫心乱而天下繁。我们的身心不在一起，所以，就坐不住。我们的心总要有所属，否则就心神不宁。这颗心要属于家庭、属于事业、属于爱情、属于朋友或某种虚荣心和价值感。总得抓住点什么，不然，就会缺失和没有安全感。

其实，这都是因为还没有找到自性，没有找到那个圆满自在、喜乐安详的本我。没有这个本我，我们就要无穷尽地瞎折腾，空虚无聊，人生苦不堪言。

一个智者不会去苦求外面的富足，而是去追寻内心的丰富。而一个禅者的境界是：眼前便是世界，当下即为永恒……

凡事反观自己，方是真正修行

修行，是在心里有一个仪式，来告诉自己，从此要好好地修正自己错误的行为，调伏内心的烦恼，增加心量，忏悔自己，宽容别人。而不是告诉自己：从此有资格来监督别人了。修行是修理自己，而不是修理别人。拿着修行的尺子来检查别人，这不是修行，是修魔；越修越魔，越修越危险。

修行，是自己越来越安静，这样才能对得起你身边的众生。

凡事反观自己，方是真正修行。

求祷神明，不如反求诸己

一个志愿者发来照片，是他新年去一个寺庙烧头柱香的照片，照片里人山人海，拥挤不堪，他说，因为要烧头柱香排了三个多小时的队。

我跟他交流说：“如果你在家能够这么虔诚地做三个小时的

功课就更好了。”

佛教兴盛是好事，但与之俱来的是各种迷信：烧头香，买牌位，神通算命……五花八门，应有尽有。

佛法是心法，一切外在的寻求，都无法真正让你开悟、解脱。就像我们带孩子，你不去爱她陪伴她，只是舍得花钱找保姆和家教，我相信孩子是感受不到你的爱的。真正的爱是用心，而不是用钱。学佛也一样，真正的学佛是用心，而不是在心外搞那么多花样。

求祷神明，不如反求诸己，这是每个学佛人都要清醒的，否则，我们就会偏离修行的轨道，越走越偏，越走越远。

没有实修的修行就是纸上谈兵

一个藏地的师父，为了弟子们修行，给每一个弟子建了一个小黑屋，没事的时候，就让弟子到小黑屋里打坐修行，结果发现，没有几个弟子是能坐住的，很快大家就都出来了。但这些弟子们谈经论道却都很擅长，几乎个个能言善辩，好像对佛法了悟得很明白。

这虽是一个案例，却也是所有修行人的普遍状态，大家学佛的多，实修的少，热热闹闹的学佛景象下，没有几个人是肯下功夫实修的。

如果把学佛修行和解脱看做是一场伟大的航行，那么，有这个梦想的人可能很多，议论的人也不少。但能亲自造船和练习航行技术的人就少了，而造完船踏上航行之旅并能日夜不停地驶向目标的人就寥寥无几了。所以，全世界学佛的有几亿人，但能实修实证解脱成佛的人是少之又少，这就是末法时代学佛的实相和悲哀。

没有实修的修行永远都是纸上谈兵。

心净则一切净，心迷则一切苦

心理学认为洁癖的人不是喜欢干净，而是喜欢脏，他们时时处处发现脏，从而来满足自己。

心也如此，心不净，看什么都不净。就像内心不圆满的人，总能看到别人的毛病。

一次我开车去一个城市找一个地方，由于不熟悉，找起来很费事，绕来绕去找不到，最后竟然拐到高速上了，不得不开出很远的路再跑回来，又累又饿，心情沮丧至极。

心觉悟的时候，就像能找到路，可能二十分钟就到了。迷失的时候，就像找不到路，折腾两个小时还不知道方向在哪里。

修行就是修心，让心清净，让心觉悟，不然，你的烦恼就会像是风中的尘埃，弥漫无际，没有停歇。

心净则一切净，心迷则一切苦。

一念迷而苦，一念觉而乐

去年我出差到一个城市，怕麻烦当地的朋友接站，就没有告诉人家几点到，下车后自己打车去酒店。那天正好赶上假日，路上人很多。酒店在一个繁华的路段，离酒店还有一里路的样子，司机让我下车自己走过去，说前面太堵。我当时有些不痛快，出租车本应该给客人送到地方，怎么会让客人中途下车拖着重重的行李自己走呢？不过，我转念一想，司机都很不容易，如果是因为送我到酒店的这段路很拥堵，会耽误他的下一个生意。这样一转念，我就不烦恼了，痛快下了车，拖着皮箱自己到了酒店。

站在“我”的角度上看，你就烦恼，站在“他”的角度上看，你就会转念。同样一件事，念头转了，心情就大不一样。

公益群里很多管理员，除了要忙自己的事业和生活，还要肩负大量的服务工作，不但没有任何报酬，还要占用他们很多的时间和精力。如果一个人的心量没有打开，没有利他的思想，干这些琐碎的工作就会很委屈。不过，他们个个慈悲心肠，勇于吃苦，甘于奉献。我问候他们说：“你们很辛苦！”他们常常回答说：“我们很幸福！”

同样做一件事，心量不大的人会觉得“很辛苦”，而心量大的人会觉得“很幸福”。所以，“辛苦”还是“幸福”不在于事情本身，而在于你内心里的念头。

一念迷而苦，一念觉而乐。

修行的过程就是减少贪欲

“贪”是五毒之首，是众生最难克服的习气之一。为了领一块免费的香皂，很多人早早就起床到发放的地方排队，我们很难看到为了去捐赠一块香皂而早早排队的，群里的众生也是如此，别人做了一件大好事，只有少数的人来点赞，但只要有人发红包，会立刻有一大批人出来争先恐后。我们的贪欲一试便知。

我们做公益是为了帮助那些需要帮助的人，同时，还有一个目的就是让人懂得布施，减少贪吝，利于他们修行。

贪欲重的人难以修行，因为贪欲就是我执。修行的过程就是减少我执的过程，也就是减少贪欲的过程。看一个人修行的好坏，主要看他贪不贪。“财、色、名、食、睡”，只要有贪恋就说明修行不够。所以，要想修行进步，还是要多布施吧！

修行，就是好好地生活

印度圣雄甘地，一位杰出的政治家，他把印度人民引向了独立。甘地其实还是一位大修行者，他矮小枯瘦的身躯和朴实无华的生活，一点都不会掩盖住他高尚的灵魂和博大的胸怀。

一次甘地坐火车远行，一个记者跟随采访他。记者对甘地特别好奇，总想从甘地口中得到一些光辉的语言，就问甘地：“你想为这个世界传递什么信息？”甘地只简单地回答了一句：“我的人生就是我要传递的信息。”

现在修行人越来越多，这是好事，说明人开始追寻内心的生活。

但修行人也出现了一大怪异，就是很容易把自己贴上修行者的标签，好像神经兮兮、怪异起来。

首先是外表，佩戴各种念珠、计数器等宗教饰物，好像没有这些东西就不是佛弟子，甚至争相比较谁的饰物贵重、稀有。

其次是内心，一旦标榜自己是修行人，内心就开始分别，感觉自己突然间就高贵了起来，看到没有信仰的人，就觉得人家低级、可怜、没有福报。

再次就是行为，这些人很容易被辨别出来，因为他们口不离佛感觉他们修行很虔诚、也很精进。他们好像不食人间烟火，是“高尚”的另类。他们总想远离这些看似没有意义的普通生活，想生活在超凡脱俗的修行世界里。一“修行”起来，就看周围的人周围的世界哪儿都不顺眼，这也不对，那也不对。用各种戒律和修行的尺子来衡量周围人的行为，弄得周围的人都生烦恼。在他们看来，这些修行人，没“修行”之前挺好、挺正常，一“修行”就开始神经兮兮、怪怪的，让人难以接受。

一个学佛人去亚青寺拜见住持阿松活佛，说自己一定要学会双盘，否则誓不下山。阿松活佛悄悄地跟这个学佛人说，我可以告诉你诀窍。学佛人兴奋地把耳朵凑到阿松面前，阿松活佛说：“其实，散盘一样可以成佛！”

开始修行的人，很容易着相，让外相奴役了自己的内心，总感觉要越特别越好。其实，越是大修行者就看似越普通，越像个正常人，而不是那么的神经兮兮。他们真正的修为在内心，在普通的生活中。像甘地那样：“我的人生就是我要传递的信息。”

真正的修行是红尘炼心。好的修行就是好好生活，好的修行人就是做一个正常的好人。

不要轻易说自己是佛教徒

在平常的生活中，不要轻易说自己是佛教徒。

轻易说自己是佛教徒，很容易让那些对你有意见或者是对佛教有偏见的人产生反感，不但容易让他们造下口业，还容易耽误人家的法身慧命，所以，不轻易说，也是保护别人。

轻易暴露自己的学佛身份，如果你还没有正知正见，或者戒律不严，或者表法不好，很容易让别人对佛教产生误会。众生的思维习惯都是以点带面的，他们会把你等同于佛教，你做得不好，他们就会认为佛教不好。所以，不轻易说，是保护佛教。

梁漱溟是一代国学大师，毛泽东因为喜欢梁漱溟的博学，所以经常向他请教。在梁漱溟九十岁那年的一次会议上，当大家纷纷赞誉他是国学大师的时候，梁漱溟说，其实我是佛教徒。

一代国学大师尚且如此谦卑低调，我们还有什么资格去轻易说呢？

默默地学，默默地修，佛不在嘴上，在心里……

修行是改变你的心，而不是改变别人的做法

一个学生学佛几年了，最近给我发信息，抱怨他的亲家种种不好，说是已经忍无可忍，想给他亲家点颜色看看。我因忙，没时间说太多，就发了一句话：“修行是改变你的心，而不是改变别人的做法。”

他心疼自己女儿的心情我能理解，但爱孩子最好的方式是给她智慧，让她有足够的能力去处理自己的问题，而不是动不动就要搬出父母来为自己出气。

“行有不得，反求诸己”，孟子的这句话说出了修行的方向。修行有很多功课，功课虽多，但考试往往是一张卷，这张卷就是考你的心改变了多少，烦恼减少了多少。

很多人学佛多年，功课做了很多，佛法说得很流利，但一碰到生活中的俗事，烦恼便来：敏感、易怒、抱怨、嗔恨心四起。这就是考试不及格，这个不及格的分数才是你修行的程度，不管你这之前用了多少功，做了多少作业，一考便知道你修行的分数在哪里。

修行是改变你自己的心，而不是去改变别人的做法。如果你的心没有改变多少，即使修了五十年，意义也不大，仍不过是个烦恼的俗人。

菩提心就是无我心

我每天早上都会看到朋友圈里，有很多学佛人在发《美好的一天从发菩提心开始》的帖子，看到后感到高兴，高兴越来越多的人愿意为他人、为众生、为这个世界做点事情。

不过，时间长了，看到这些也会让我思考，这些人到底有没有菩提心？

最近有很多做公益的人向我倾诉他们在做公益过程中的烦恼，我除了跟他们分享一些方法之外，主要会告诉他们放下我执。不放下这个我执，做再多、方法再好，也一样会烦恼不断。

无论是学佛中的利他还是做公益，检验这其中是否真的有菩提心，可以从三个方面来考虑：

一、做的过程中没有得到任何鼓励和奖赏（赞美、称誉），你会不会一如既往做下去？如果会，就是菩提心；如果不会，就不是。

二、你利他的对象对你没有任何感恩，你会不会继续做下去？如果会，就是菩提心；如果不会，就不是。

三、做过之后，你是否还会惦记、还执著、还感觉患得患失？如果不会，就是菩提心；如果会，就不是。

我们很容易把善良当成菩提心，诚然，善良是菩提心的一部分，但不是全部。菩提心的本质还是无我心。利他的基础是无我，所以，利他之前先无我。有个强烈的我执在其中，本质上还不是利他，还是利己。

菩提心就是做之前没有期待，做之中不求点赞，做之后完美放下，做跟没做一样。它很像在思念一个人，你不用把那个人写在纸上，提醒自己要思念她，因为思念无时无刻不经意就会想起。菩提心就是这样，不管外境如何，它永远都在，永远善意、美好，如如不动……

多用慈力，少做判官

微信群是一个公共空间，少则几十人，多则几百人，一个人发言，可能没几个人回应，但却可能有无数双眼睛盯着（发一个红包就知道了）。

在微信群里我发现一个现象，就是有很多群里有“判官”，他们“敬业”“执法严格”，经常守候在群里，只要看到有人放的说的东西不合乎自己的心意，就立即出来“执法”，大批特批人家的“过错”，让人家颜面扫地，显示出了他们高超的“专业水平”和“执法能力”。

如果看到明显的偏见、邪见和危险的想法时，我们确实不应该视而不见，及时纠正是对当事人负责。但生活中更多的时候，无论言语还是做法都没有什么大不了，劈头盖脸给人家一顿纠正和数落，显然没有必要，只会增加人家的烦恼。

人都是要尊严的，当一个人受到数落或打击时，无论你说得多么正确，那个人都可能听不进去，还可能产生嗔恨心。

想要帮助别人，更多的时候不要用棒喝，而要用慈力。怀着一颗慈悲的心，和善温柔地去纠正他人错误的知见。改正他人的错误和保护他人的尊严是同等重要的，肆意践踏别人的尊严，无论你的出发点多么好，那都不是慈悲，是我执的表演而已。

我执是牢笼

我喜欢在旅途中看书写作，内心安定精力集中的时候，身边即使很吵我也听不见，专心搞我的东西。

看话剧的时候，我喜欢偶尔专注看背景，看创作者运用背景的用意。专注看背景的时候，就忽略了主角们的表演。

这两个故事说明一个道理，同样是听声音和看画面，你的关注点不同，结果就不一样。

我执就是一种关注，一种对自我的强烈关注。人在强烈的我执中，看不到他人和身边世界的存在，一切以自己为中心，很少考虑到别人的感受和利益。

有句话叫“人不为己，天诛地灭”，自私的人常常拿这句话当挡箭牌为自己开脱。不过，这句话的确也反映出众生痛苦的根源：在生活中累积的深重习气——我执。

我执是快乐的牢笼，有了这个牢笼，人就难以走出自私自利的小天地，感受不到利益众生的大快乐。

修行的主要功课是去掉内心的阴影

做公益多年，我发现一些志愿者，爱心越来越大，做的善事越来越多，但内心的成长并不大，原因是他们用慈善的光芒来掩盖内心的阴影，用忙碌的公益活动来逃避自己内心需要解决的问题。

学佛人也是如此，念佛、诵经无数，放生、做佛事很积极，拜师、皈依很虔诚，但学佛多年过后还是进步不大，烦恼、习气仍在，原因也是他们用修行的表象来逃避自己内心那些不愿意面对的阴影。

热热闹闹的公益活动，忙忙碌碌的学佛功课，看似都是在向好的地方修行，但繁华过后你的内心是否能趋于平静，喧嚣过后你的内心是否敢于面对那个真实的自我？

我们今世为人，是否“前世”有很多功课没有及格，没有完成学业，这些没有完成的功课就是我们今生内心的阴影。比如对钱财的贪执，对情色的贪执，对亲人的过度依赖，自卑，虚荣，心胸狭隘，等等。这些前世留下来的功课是我们今生一定要解决的，不能掩盖，也不能逃避。因为无论你用什么方式掩盖，也无论你逃避多久，只要你想要今生成长、解脱，你就要最终面对，因为你不考试及格，怎么折腾还是无法毕业。

圣人的一生都是光芒无限的，但最伟大的圣人是：他们既能够带给这个世界无限的美好，又能够勇于面对自己内心的阴影，最后有能力解决它。这样的圣人才是活生生的、完整的，因为他们给了世人以榜样。

修行，就是修正自己内心不足和阴影的那部分，这部分不会因为你外在的光芒而减少，只能通过有勇气面对和长期的克服来解决，其过程可能是艰苦卓绝的，所以不要期待一朝一夕了事。

当你克服了内心最深处的怯懦，拿出勇气来面对你内心的阴影，这时，才是你真正修行的开始，否则，无论你走了多远，你还是没能真正成长和强大……

你所有的外在都是感召而来

几年前我在腾讯和网易上做免费的心理咨询，接触了大量的咨询者。有几类人引起了我的好奇：

一类人是总丢东西，包、钱夹、身份证、手机、钥匙、眼镜、围巾等什么都丢，有的人手机一年能丢六七个；

一类人是总受伤，割伤、划伤、摔伤、烫伤等经常发生，感觉就是个倒霉蛋；

一类人总是情感挫折，不断恋爱、不断失恋、不断痛苦、不断纠缠，有的人从二十几岁谈到四十多岁，十几次恋情都是无功而返，最后伤痕累累；

一类人总是遇人不淑，无论是事业还是情感，总是会遇见“小人”，上当受骗，损失惨重。

以前给这些人做咨询，我会告诉他们出现这些情况是自己缺乏经验和智慧，以后要在很多方面多加注意。

学佛以后明白了，人生所有的外在都是你的业力感召而来。有人不相信任何人，觉得谁都不可靠，他可以用自己经历来告诉你，身边的人谁都骗过他。而有的人告诉你，绝大多数人都值得信赖，他也用自己的经历来证明这一点。

为什么有的人那么相信人而有的人那么不相信人，这就是佛法说的：万法唯心造。你所有的一切都是你的心、你的业力变现而来，好与坏都怨不得别人。

你遇见什么样的人，经历什么样的事，都是业力感召，命里该有。有的人朋友都正直善良，相互帮助，懂得感恩；有的人朋友都阴险狡诈，相互拆台，相互埋怨。微信群也是，有的群乌烟瘴气，无正事可做，整天扯皮；有的群一团和气，充满正能量，每天相互提升。

善业感召善人、善缘；恶业感召恶人、恶缘。命里该有，因果不虚。懂得这个道理，就不要再埋怨命运坎坷，遇人不淑。想要改变今后的命运，就要多存善心，勤修善业，渐渐地，好人、好事和好因缘就会不期而至，光顾你的人生。

以德报怨，恒生善心

一个和尚外出赶上大雨，赶紧跑到附近的一个大户人家门前避雨，看门的不让，催他离开。和尚再三请求，看门的说主人不让，催他还是快点离开。和尚无奈只好冒雨离开，临走时和尚问了一下主人的名字。

和尚回到寺庙，把这家主人的名字，写了牌位，在佛像前供奉起来，祈求佛祖保佑，愿这家主人增福添寿，早日开悟解脱。

一次这家主人逛寺庙，在佛像前看到了自己的名字和牌位，很是诧异，便问。一个小和尚说了原委，这家主人羞愧难当：人家和尚被赶跑，非但不抱怨，还能这般慈悲对待自己，真是有大肚量。

这家主人被老和尚所感动，从此供养僧众，成了这家寺院最大的香火。

这是一个真实的以德报怨的故事。这个故事告诉我们：这个世界没有什么不可能，以牙还牙确实痛快，但冤冤相报何时了？如果能放开心量，摒弃前嫌，以德报怨，我想这个世界就不会有那么多的仇恨和战争。

佛说，众生皆是前世的父母。父母犯错，我们能够原谅。只有这种心地，才是这个世界的根本救赎。

恶要止于念，善要践于行

佛教里说："一念善是天堂，一念恶是地狱。"因果业力都在这一念之间，所以，守护好自己的念头就是大修行。

恶要止于念。恶言、恶行、恶果主要来自于恶念，把握住念头这一关，让念头不起恶，恶言、恶行和恶果就会避免了。所以，防恶的关键在于止于念。

反过来，善要践于行。心怀善念是好事，是修行。但这还远远不够，要把善念发挥出来，让善念结成善果，就要践于行。善念可以发展成菩提心，就是希望一切众生离痛苦、得安乐。践于行就是菩萨行，把菩提心运用到生活中、生命中，利于他人，利于世界。这样，善念才能成果，菩提才能开花，世界才能美好，众生才能解脱。

恶要止于念，善要践于行。

你可以爱所有人，但不要企求所有人都爱你

一个同修给我留言，说她学佛以后，奉行“诸恶莫做，众善奉行”，对身边的任何人都心存善念，尽量对人家好。可是，即使这样仍然有人跟她作对，找她的毛病，让她很烦恼。

这是一个普遍的问题，很多人问过，也烦恼过。

佛法说，万法唯心造。我们外在的世界是内心变现投射出来的，就像大家同时看到一个美女，有人喜欢，有人赞赏，也会有人讨厌，有人嫉妒，甚至有人看到会恶心。那个“美女”是不变的，就是一个女人，而大家看到后的感觉和评价却大不相同，这与这个美女无关，与每个人的内心有关。明白这个道理你就知道，这个世界永远不会有完全统一的答案，最好的人也会有大量的人讨厌和反对，最坏的人也会有朋友和赞赏。

耶稣是上帝的儿子，一样有人不喜欢他，甚至把他抓起来定罪，最后被钉死在十字架上。释迦牟尼为了众生弘法一生，照样有人反对，他的堂兄弟甚至多次想谋害他。

你永远都不要企求所有人都赞成你、都爱你，这绝对是天大的妄想。每个人内心对你的版本都不一样，你无法要求人家统一。即使很多人内心认为你不错，但是为了维护他的利益和尊严，也会不知道要说你多少坏话，这些你都无法控制人家。

证得诸法实相就要明白，一切是非对错、善恶好坏，都是分别出来的，只要你足够明理，足够坚强，这一切就不会干扰

到你。

不企求所有人都爱你，但你要爱所有人，这种没有分别、没有缘由、没有期待的爱，是你走向自由与解脱的路，也是众生的救赎和这个世界的希望。

如果不明理

如果不明理，我们盘佛珠手链的时间一定会多于念佛的时间；

如果不明理，我们去看道场的热闹一定会大于你内心的反省；

如果不明理，我们就喜欢去寻找那些有神通的人，而不是确信自己具足一切如来自性；

如果不明理，你会急于去帮助别人，并沾沾自喜，却没有想到如果你没有功课垫底，就会种了别人的田荒了自己的地；

如果不明理，你会觉得学佛不过是一种时尚，而不是真正懂得了诸漏皆苦之后下决心今生解脱；

如果不明理，你会以为无常是别人的事情，离自己还很远，自己还有很多时间来享受以苦为乐的生活；

如果不明理，你就会执着于这儿，执着于那儿，而不是天天练习放下，为往生准备充足的资粮；

如果不明理，我们就是活在颠倒的梦想里，还天天津津乐道，一旦哪天梦醒，可能已经临命终了，悔之已晚；

早日明理，早日醒来，早日精进……

修行就是走过你所有的不舒服、不喜欢

爱你喜欢的人不是修行，爱你不喜欢的人才是修行，能够爱伤害你的人才是大修行；

听称誉你的话不是修行，听反对你的话才是修行，能够听诋毁你的话，并且不生嗔恨心反生慈悲心才是大修行；

在舒适的环境中不是修行，敢于走出舒适的环境才是修行，能够在不舒适的环境生活下来，又能安心地活在当下才是大修行；

做完好事很开心不是修行，做完好事很平淡才是修行，做完好事像没做一样才是大修行。

智慧，是苦水沉淀后的结晶

我最喜欢去寺庙，哪怕是没有学佛之前，只要遇见寺庙，我就喜欢进去看看，虽然很多东西都不懂，但一亲近寺庙，就会感到心很宁静，仿佛找到了久违的家园。

好的寺庙就像一尊佛，坐在那里，如如不动，什么样的人都接待，不管富贵、贫穷，不打扰你的安静，任你的心与佛菩萨对话。

有的人也是这样，表面上看不是特别热情，甚至有些冷漠，但他的内心是柔软的、慈悲的，像冬日里的阳光，不会很刺眼，

但默默地照耀，总会给你带去温暖。

一座上千年的寺庙是要经历无数的雪雨风霜，也要经历数不清的世态炎凉，能够如如不动是岁月沉淀下来的是非对错、人情冷暖，已化作了宇宙人生的真谛。

大慈悲的人也一样，他必定经历过长期内心的煎熬、纠结、痛楚，甚至是炼狱般的折磨，等到这些烦恼一层层剥落，在内心的苦水里慢慢沉淀，最后的结晶，便是开悟的智慧。这个智慧持久，安定，慈悲。

有人说过，每一个哲学家都是精神重患，只不过他们最终走了出来，疗愈了自己。这个世界没有那么便宜的事情，会让你轻轻松松认识真理、获得智慧。彩虹都是在风雨之后出现的，要想拥有把握人生和开悟解脱的智慧，受苦是必经之路。没有经历痛苦，一定沉淀不出你想要的智慧。所以，不要逃避痛苦，它是你走向光明的引路人，你的天使……

想要救苦救难，必先受苦受难

一个学生很早就建立了学佛群，是我看到的第一个满 500 人的大群。他兢兢业业为大家服务，学佛、分享、讨论，很有正能量。昨天他跟我诉苦，说是群员难管理，虽是修学一个法门，但大家总是各执一词，争论不休，搞得他很烦恼、疲惫。我因忙，没有时间跟他说太多，只送给他一句话：想要救苦救难，必先受苦受难。

耶稣传道过程中，被最信赖的弟子出卖，被钉死在十字架上；释迦牟尼传法过程中，自己的本族释迦族被灭；六祖慧能接受五祖的衣钵后，为躲避同修的追杀，隐姓埋名躲藏在猎人队伍里 15 年，吃尽了苦头；玄奘大师为取真经，历经了九九八十一难。没有人会轻轻松松成功的，特别是为众生救苦救难的大事业，一定会经历无数个挫折、坎坷、屈辱和磨难，没有这种准备和承受能力，就不要去做了。

想要救苦救难，必先受苦受难。

有缘永远相助，没缘永远祝福

洛阳白马寺后殿的门上有副对联，对联写道：“天雨虽宽不润无根之草；佛法虽广不度无缘之人。”这副对联道出了佛法的一个真相，就是一切皆需有缘。

不管你做什么，都离不开缘，没有缘分，即使佛陀再世，也帮不上你。

不过，佛菩萨慈悲广大，即使暂时没缘，他也不会放弃你，而用恒顺众生来接引你。恒顺众生是《普贤行愿品》的核心思想，是普贤菩萨的根本大愿。恒顺众生就是随顺众生的缘分，永远不放弃的度化。

众生在轮回的苦海里漂流，因无明不知道上岸，即使知道也没有能力上岸。这时，很需要有菩萨的大愿心，度众生上岸。所以，我们要向菩萨学习，有缘的时候永远向众生伸出援手，不灰心，不放弃。没缘的时候，我们不跟众生对立，不烦恼，不嗔恨，永远为他送上究竟成佛的祝福。

放下是我们在这个世界最大的拥有

我经常说，放下是你能在这个世界上最大的拥有和收获。我们的无明和痛苦就来自于占有，越占有越繁乱，越占有越计较，越占有越患得患失，越占有越怕失去，越占有越痛苦。

修行不是让你去追求多么美好的物质世界，而是让你放下，所以，修行不是在做加法，而是做减法，越加越错，越减越对。

放不下是我们凡夫众生最大的无明，放下是圣者最殊胜的品质。五毒之首是“贪”，说明我们不但不放，还喜欢越贪越多，所以，我们众生可怜。

放下是修行人最难做的功课，什么时候我们连生命都能自如愉悦地放下，我们就圆满解脱了。

放下才能观空，观空才能生智，生智才能解脱。放下是修行人的终极追求，我们身上只要还有一丝一毫的贪执重量，就飞不起来，更到达不了莲花遍地的极乐世界。

修行是告诉你，要越来越瞧得起任何人，而不是相反。我们这些所谓的修行人，问题恰恰是越学佛修行就越瞧不起任何人。内心里总是觉得自己有福报，是高尚的那类人。看到有钱人，就说人家是钱的奴隶；看到有权人，就说人家危险，早晚出事；看到不学佛的人，就说人家福报浅，没善根。

这是一种无明，更是一种我执、我慢，如果不觉醒，这比不学佛还可怕：耽误自己，还会误了别人的道心。让人家觉得，还是不要学佛的好，看看这位挺可怕。

学佛修行，内心要越来越没有分别，也越来越柔软。看到谁都是和蔼可亲，看到什么事都会觉得事出有因、终可谅解。这样，才会让不学佛的人有信心，才不会误会和谤佛。

无常是一记突如其来的耳光

“无常是一记突如其来的耳光，打得我们晕头转向！”这是我写在一本佛教书上的一句话，来提醒自己时刻观无常。

我们晚上所能看到的星星，有一些早已经不在了，由于这些星星离我们太远，星星灭亡时所发出的光，才到我们地球，所以，我们眼睛所看到的，不一定是事实。

《佛说无常经》上有句话叫“大地及日月，时至皆归尽；未曾有一事，不被无常吞。”那些灭亡的星星多数是恒星，很多比太阳这颗恒星还要大，不过，仍然要灭亡。知道这个道理，就会明白，地球终将也会消失。

我们活在常执（对恒常的执着）的世界里，常常不愿意去思考和讨论无常，不过，无常处处在，时时在。

去地震现场最能感受无常，城镇乡村一片瓦砾，骨肉至亲阴阳两隔。地震中的人几乎所有的无常都会体验到，所以有人说，地震幸存者比较容易学习佛法，因为他们深刻理解了无常。

佛教的四法印中第一法印叫“诸行无常”，就是说一切和合事物皆无常。佛陀就是因为彻底了解了无常，才开始求道和最终证悟的。一切佛法皆从无常开始，可以说，不了解无常就不算是佛教徒，因为你还在轮回的常执中。

这个世界永恒不变的真理只有一个，就是什么都会变，一切都在变。万事万物没有例外，都将在成、住、坏、空中走向消亡。

“今晚脱下鞋和袜，不知明早穿不穿”，这句话说明了无常的迅速和突然。

我让同修们做功课共修，很多人说没有时间，大概他们觉得无常离自己还好远呢，老了再学也来得及。去殡仪馆存放骨灰的地方看看就知道，阎王殿上无老少的，存放的照片中有几岁的孩子，也有美丽的少男少女。

人生中最重要的功课之一就是观无常，不过，这也是最容易被忽视的功课。我们在常执中忙来忙去，不知道哪天无常到来，它就像一记突如其来的耳光，把我们打得晕头转向。

没有正见，就是盲修瞎练

一个同修给我发来微信，说她学佛将近二十年，每天虔诚做功课，可是感觉进步不大，烦恼虽然少了一些，但还是很多，遇见不顺心的事和不对的人，仍然嗔恨心很强，所以，困惑学佛不知该怎样坚持下去。

像这位同修的情形很多，哪个法门里的同修都有大量这样的人存在。

学佛精进的一大标志就是烦恼越来越少，如果烦恼不减或减得不多，那就说明修学有问题，应该及时反思和调整。

学佛第一大要务不是虔诚和用功，而是要有正见。邪教里的人大量的也是虔诚和用功，但越虔诚和用功，越背道而驰和危险，原因就是那里的人没有正见，只是邪见而已。

不是邪教的学佛人，没有正见的也不少，否则，就不会出现那么多修偏了的同修。

正见是学佛修行最重要的事，也是最根本的基础，没有这个基础，就谈不到收获。

正见就是正确的见解，是指对宇宙人生彻底的领悟，是对世间出世间因果的根本洞察，是具有佛法“四真谛”义理的般若大智慧。

没有这个正见，修行就是在佛法门外，修来修去也是盲修瞎练，解决不了根本的问题。

要想拥有正见，主要是需要善知识的引领，就是遇见明师，这个比什么都重要。除此之外，还需要深入经藏。佛门有云：深入经藏，智慧如海。多听经闻法，多向善知识请教，是走入佛门和修行精进的不二法门。

欲成佛道，先结善缘

一个志愿者拿了一条公益的信息放到群里，大家反应平平，他有些不高兴，就跟我说：为什么别人发起一个项目，会有那么多人赞助捐款，而我的却没人理会呢？我回答说，大家不了解你、不熟悉你，所以，才这样反应。

一个出家人一进群就开始传法，大家也是反应平平。我看了一下，他放上来的，确实是正知正见，但为何反应平淡呢？

不是法不好，原因是大家对传法的人不熟悉。

管理学中有一句话这样说："要想搞一次伟大的航行，首先不是造船和练习航行技术，而是激发大家对海洋的激情。"有了激情，自会有人去造船和钻研航行技术。

公益是善良的行为，传法是慈悲的善行，这都没错，但要有缘分，就是说，善行还要有善缘，没有善缘，照样做不成。

学习佛法也是如此，禅宗二祖慧可是因为立雪断臂与初祖达摩结了善缘；六祖慧能是因为在寺庙当厨房伙计与五祖弘忍结了善缘；玄奘法师之所以有了那么大的成就，是与唐太宗结了大善缘有关系。

因果是宇宙的根本法则，如果把因看作是种子，把果看作是收成，那么，从种到收的过程就是缘。缘是土壤、环境、天气，也是耕地、锄草、施肥，种子再好，也需要这些中间条件。

刚学佛法不久，我对很多东西还一知半解。一个很偶然的机会，与黄梅四祖寺住持净慧大师结了缘分。净慧大师是一代佛教大师虚云的著名弟子，曾任中国佛教协会副会长，是一位有修行的大德。我们没有见过面，净慧大师在四祖寺搞"生活禅"活动，给结缘的人每天发一条"净慧禅语"的短信，我很荣幸地每天收到老禅师的一条智慧法语，让我受益匪浅。将近两年的时间，我默默受教于净慧大师的正法高见，对我日后对佛教的认识起了很大的作用。可惜，老法师在两年前的雅安地震当天早晨圆寂，我在赴灾区赈灾前曾写文章来纪念这位没有见过面的恩师。

人生就是不断与人结缘的过程，学佛就是不断与人结善缘的过程。广种福田，才能有幸福的收成；广结善缘，才能走进

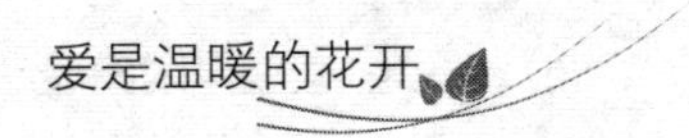

解脱的佛道。

没有解脱的智慧，活着就是一种惩罚

《红楼梦》里有一首词，词的最后一句是“落得个白茫茫大地真干净”。当年的金陵四大家族，红极一时，上演了多少故事，结尾仍然不过是家破人亡，落得个“白茫茫大地真干净”。

我们活着就是折腾，但折腾来折腾去，结局还是赤条条走，家人、子女、财富、事业，什么也带不走。唯独能带走的是自己这一生所造下的业，还有的可能就是下次轮回的痛苦。

懂得了佛法空性，你就能看开这生命里的一切，对什么都不会拼命执着。因为执着来执着去，最后都是两手空空，了无所得。

生命中最宝贵的就是早日觉醒，否则，没有解脱的智慧，活着就是一种无休止的惩罚。

事上有碍说明理不通达

一个学佛同修总喜欢在群里跟大家辩论，经常拿佛经里的片段或祖师大德的话当武器与大家争论高下，搞得大家很烦恼。我私下里跟这位同修说，学佛可以辩论，但长期令大家烦恼，说明你事上有碍。他不同意我的观点，说不是他事上有碍，是大家不明理。他接着又说，即使他事上有碍，也不代表他理上有碍。意思是他现在已经理无碍了，向事无碍靠拢。

《华严经》上把修行分为四个次第："理无碍，事无碍，理事无碍，事事无碍。"理是指佛法真理，事是指生活处事，无碍是指没有障碍。

我们来看看那位学佛同修是否做到了"理无碍"呢？理无碍不是只会背一些佛经和祖师大德的话，而是指通达一切佛理，达到"法眼净"的程度。法眼是指通晓一切佛理、遍知一切法门的眼睛，寓指拥有了大智慧。没有到达这个境界，我们谁都不敢说已经明理、到达"理无碍"的程度。

即使已经到达"理无碍"的境界，想到抵达"事无碍"，还需要长期努力实修，对境炼心，否则还是纸上谈兵。

是不是千里马，出来一跑就知道；我们学的怎样，一对境炼心就知道。我们凡夫的"事上有碍"，一定还是因为"理上有碍"，就是不明理。我们天天津津乐道的明理，多数都是我执下的妄心，绝对不是正心、正念、正觉、正思维，这种妄心指导下的行为很难没有障碍。所以，我们想要"事上无碍"，先要"理上通达"，理上通达就要下功夫听经闻法，而不是只拿几句佛经和祖师大德的话自欺欺人，蒙混过关。

没有福报就没有时间修行

很多学生和学佛人跟我说，一天到晚太忙了，没有时间修行。这时，我会常常询问，他们一天都忙什么？他们回答：忙工作，忙生意，忙应酬，当然也忙着看微信聊天。

人就是个习性的奴隶，喜欢做的事能找出一千个理由，不喜欢做的事能找出一千个借口。早晨起来睡不着，自律的人可以用来修行，不自律的人就趴在被窝里玩手机、看微信。

人生所有能够利益自己的事情，都需要自己有福报。有福报才得人身，有福报才能听经闻法，有福报才能得遇明师，有福报才有时间静下心来修行。

禅宗里说，一个开悟的大禅师，需要九朝天子命，七代状元才。九朝天子命是指有福报，七代状元才是指有智慧。福慧双运才能开悟得解脱。

明白了这些道理，就不要再说没时间修行，要怪自己没福报。

心怀善念，勤修善业，多去帮助他人，才能累积福报，有了福报，自然就有时间修行了。

修行是指每一个当下都能觉悟和超越

以苦为师没错，让我们在苦中出离，在苦中坚韧，在苦中精进。

但也有很多修行人，错解了苦的含义，觉得娑婆世界一切皆苦，于是对这个世界很绝望，干任何事情都觉得没有意义，在这种苦中、绝望中修行，等待死亡，等待往生。

这种精进心是值得赞叹的，但心态是不可取的。我们学佛就要向佛学习，佛出家寻道经过六年苦行，但没有开悟解脱，差一点丢了性命。后来放弃了苦行，才在菩提树下开悟的。

佛法是出世法，出世法是解脱生死的智慧。解脱生死是保证往生时不再堕入六道轮回的苦海，但这并不意味着你对现在的一切都绝望透顶。

佛在《阿含经》里阐释过：万法回归当下。离开当下去寻找万法是愚痴的，也是不可能的。修行的意义是告诉我们当下就觉悟、当下就解脱，而不是把希望寄托在遥不可知的未来。

人生是一场修行之旅，我们不要在途中玩耍而忘记了目的地，但也不必把眼睛蒙上一路跑到往生。让每一个当下都过得不错，才会有信心更快地抵达终点。

修行不是单指往生时能够顺利地解脱，也指每一个当下都能觉悟和超越。

智慧的觉醒

空，不是什么都没有，而是指万法无自性，一切因缘生因缘灭；

无我，不是指没有我，而是指没有对自我的贪执；

随缘，不是随便，而是指努力的同时要懂得随顺缘分，不强求；

放下，不是放弃，而是指内心对一切不执着；

忏悔，不是后悔和纠缠过去，而是指改过自新向前看；

诵经，不是追求次数和求功德，而是指理解佛陀真实义，破迷开悟；

出家，不是遭受刺激或逃避人生，而是指出离了自私自利，勇于做众生的导师；

利他，不是不管自己，而是自利以后自觉地帮助别人。

假令供养恒沙圣，不如坚勇求正觉

“假令供养恒沙圣，不如坚勇求正觉”，这是佛陀在《无量寿经》中对世人的劝告，意思是供养像恒河沙那么多的佛菩萨，功德无量大，但却不如你自己生起坚固的道心，勇猛精进地修行，求生西方极乐世界。

有很多同修供养之心可嘉，今天修庙，明天为佛贴金，后天供灯，为三宝做了很多功德，我们实在应该大为赞叹。不过，我问他们功课做得怎样？他们有的不做，有的做一点点，有的不懂为何要做功课。这就是我们当今学佛的现状，实在是悲哀。

供养三宝一点没错，但只做功德不做修行的功课，只能增加人天福报，是脱离不了轮回的。

佛陀教我们供养三宝，我们要领会他的真实意义，佛是希望我们因供养而解脱。因供养而供养，不是佛的本意，佛的本意是叫我们早点解脱。

成就是最好的供养，这里的成就就是究竟成佛。

佛法是对生命系统又完整的教育

有哲人说过，真理往往在少数人那里，这个说法更适合世人对佛法的认识。古往今来，世人对佛法的误会一直太多，今人尤甚。可以说，世上百分之九十九以上的人是误解佛法的。即使是在佛教徒中，这个比例也差不多。佛教徒迷信的多，智信的少，求保佑，求安慰，求升官，求发财，求健康，求生子等等，不是求己，求心，而是求佛，求菩萨。连佛教徒都这么误解佛法，就难怪别人误会了。

佛法是佛陀的教法，本质上不应该称为佛教，佛教是后来人称呼的。佛法既不是宗教，也不是哲学，它是对宇宙人生真相的正确认识，也是对生命系统又完整的教育。佛法是教育、是智慧，所以，释迦牟尼佛是伟大的教育家，伟大的心灵导师。

神通再大，也抵不过业力

最近有好几个学佛同修问我关于神通的问题，有的去请有神通的人看病，有的要立什么仙堂等等，我没有神通，也给予不了他们具体的帮助。不过，遇见这类问题，我都会告诉他们不要去弄这些神通。

佛教是相信神通的，但从来都不主张运用神通，这是释迦牟尼一再强调的，也是佛教的共识。佛陀在世时，他自己的家族遭到空前的大屠杀，家族几乎全部被灭，但佛陀没有运用什么神通来挽留家族，他知道那是他们家族的果报。

佛陀弟子目犍连神通广大，但结局却是被外道人用石头活活打死，目犍连没有运用神通来反抗，而是甘愿承担因果。

佛法真谛是运用智慧来降服自己的内心，并最终脱离生死苦海，究竟成佛的。而神通还是心外求法，背离修行方向，还会滋生强烈的我慢心。

最重要的，运用神通会误导学佛的人走上歧途，追求神通的力量，依赖神通的人，痴迷下去，会断了自己的法身慧命。

奉劝佛子们，不要追求什么神通早日回到老老实实修心的正法路上。

提起悲心，放下嗔恨

一个同修给我留言，说她学佛多年仍然对自己的姐姐有很大的嗔恨心。我恭喜了她，告诉她，能跟我说，就是放下的开始。

对一个人嗔恨，说明我们的悲心还不足。悲心是检验我们修行好坏的一把尺子，修行越好，悲心越大。如果你修来修去，佛教知识懂得不少，但悲心还没有多少增长，就说明你的修行有问题。

佛教里的悲心不是指哀伤的心，而是指看到众生痛苦而产生的一种深刻的同情，继而产生愿力希望帮助他走出痛苦。悲心就是我们常说的无缘大悲、同体大悲。无缘大悲是指没有任何缘由和条件，同体大悲是指别人的苦就是自己的苦。

一个大修行者被人冤枉，蒙羞入狱，受尽了折磨。出狱时有人问他：“你在狱中最怕的是什么？”大修行者说：“我最怕的就是对伤害我的人失去慈悲心！”这是多么令人动容的一句话啊！他不但不嗔恨伤害他的人，还时刻保持着对他们的慈悲。

一个还很我执的人是不会说出这种话来的，也不可能有这么大的悲心。只有走出那种小我的情怀，才可能会有彻底的利他心。

悲心是一个人走向自由与解脱的路，更是这个世界的希望……

修行是对自己越来越放下，对他人越来越有爱

一心修行或念佛，这都没有错，但这个“一心”是指专心，而不是除此之外眼里没有一切，对什么都漠然置之，甚至冷漠无情。这样的修行是有问题的，没有爱和慈悲，修的就是自私自利的法门。

放下，是指放下对自我一切的执着，而不是放下对众生的那颗菩提心。如果这样，佛陀放下得最早，菩提树下开悟时就放下了，他应该去享福就好，还何必去辛苦弘法49年呢？

一个修行好的人的确是应该越来越放下，但同时又是越来越有爱、越来越慈悲的。放下到冷漠无情的，那不是修行，是生命的再次逃避。

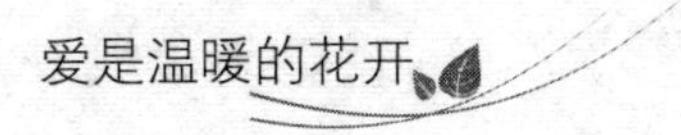

没有体悟到佛心，就不是真正的佛子

《楞严经》有一段话：“如人以手，指月示人。彼人因指，当应看月。”佛在这里用月亮喻指见性，而手指是见性的方法。

用手指示月亮在哪里，我们应该看月，而不是看手指。但众生无明，我们多数不看月亮，却死死盯住手指。

经书是“手指”，而经书中的义理是“月亮”。我们要借由经书通达佛陀要传递给我们的义理，而不是在那里咬文嚼字。

念佛是“手指”，与佛相印是“月亮”。念佛要与佛至诚感应，抵达三昧，而不是追求数量，完成任务。

供养是“手指”，解脱是“月亮”。佛不求我们一分一毫的供养，佛的深意是教我们因供养而放下贪执，因放下而解脱。

持戒是“手指”，清净是“月亮”。佛叫我们持戒是让我身心无染，方便禅定见智，而不是让我们分别比较，看别人的错失，瞧不起别人的德行。

佛门有云：依文解义，三世佛冤。我们凡夫无明愚痴，常常错解了佛陀的真实义，无法深刻体悟佛的本心，实在是没有脸面称为真正的佛子。

恒顺众生与直心道场

“恒顺众生”与“直心是道场”是佛教里的两个成语，也是很容易被误解的两个理念。

恒顺众生不是指永远顺着众生、不让众生烦恼，而是指随顺度化、悲悯柔和之意，是佛菩萨永度众生之大愿，随着众生轮回之迹，不离不弃，直至度化成佛。

学习佛法容易有一个误解，认为要对任何一个人慈悲，即使对方有错误也不要说，这种“老好人”的态度恰恰是学佛人应该摒弃的。

修行就是修正自己的错误，同时，对别人的错误也不能视而不见，不闻不问。

“直心是道场”是佛菩萨的另一种慈悲，就是说有责任修正别人的错误。不过，我们几乎都误解了这里的“直心”一词，认为直心就是直肠子，实话实说，口直心快。

其实，拿“直心是道场”来为自己的鲁莽言行开脱，正是不负责任和没有智慧的象征。

佛教里的“直心”是指正念真如的大智慧，有了度化众生的大愿，还要有度人的大智慧，再加上摄持各种善巧方便，才能叫“直心的道场”。

别人有错误，我们不能视而不见，这是慈悲；想要去纠正别人的错误，不能鲁莽蛮干，这是智慧。只有悲智双运，才能够随缘度化，慈爱众生。

出离不出奇

出离心是修行的基础，有强烈的出离心才能勇猛精进地修行。但要明白，出离的是心，不是身。不要一学佛、一修行就什么也干不下去、看不下去，眼里只有佛像，口中只有“阿弥陀佛”，身上只有佛珠了。

佛法世间觉，行走坐卧皆修行，只要心出离了，起心动念，举手投足都可以蕴含在出离心中，时时不忘，身心合一，把修行体现在一呼一吸之间。

很多佛法修行群里，“出离心”味很浓，一说话就让止语，一说别的就认为“不务正业”，气氛压抑，感觉里面的人都怪怪的。

佛陀在世时，一天到晚也不都是在念佛、诵经和做开示，也一样要吃饭、睡觉、托钵化缘、跟弟子聊天、做饭、洗衣。我们虽然没有佛陀的大根器，但也不必紧张到说一句生活的话语都不行。

做功课的时候就认真做，做完功课的时候就好好生活。不要一边念佛、诵经还一边看微信，一边监督别人是否如理如法。这样做本身就身心不一，还能修行精进吗？

唐代高僧大珠慧海禅师说过，用功修行就是“饿了吃饭，困了睡觉”。我见过很多大修行者，他们除了每天的必修课外，剩下的时间都是很生活化的，一早到晚乐乐呵呵，平易近人，看不出来他们与平常人有什么两样。

佛法就是活法，把生活和修行隔离起来，这种“出离”就是“出奇”，除了让人感觉你神经兮兮以外，也容易让人对修行产生厌烦。所以，我们要引以为戒，不要因为自己的“出奇”，断了别人对佛法的信心。

悲心是人类的希望

从修行的角度上看，适度的痛苦有助于修行，因为它能帮助你看清苦的真相，既而生发出离心，然后精进修行。但是，这不等于我们看到别人在痛苦中有理由无动于衷。经常会听见有人说，不要去救那些痛苦的人，因为他们现在的痛苦是因果自负。的确从因果的角度上看，众生的一切痛苦都是因果而来，懂得这个道理，我们就不要怨天尤人。但是，如果我们今生不做任何努力和改变的话，我们就会随业力因果而流转，没有解脱的希望了。

修行的意义就是要改变命运，先要认命，然后再“运命”。认命是明白现在命运是以前的因果而来，要接受而不是抱怨。“运命”是知道因果真相而不停留在这里，通过努力修行来“运”这个“命”，最后改变它，走向幸福解脱的路。

对自己要这样，对别人也要这样。不要去说：“他活该痛苦，因果报应”或“不用管他，不能改变他的因果”等等的话。这看似有道理，其实，这是逃避责任又没有悲心的做法。

因果的确要自负，但众生因无明障碍看不到或看到也无力改变，需要我们外人用佛菩萨的慈悲和智慧来帮一把，否则，幸福的永远幸福，痛苦的永远痛苦，这不符合佛的大悲心。

悲心是修行的基础，也是这个世界的希望。没有悲心，修什么都白费，不会有任何成就。没有悲心，世界和众生也不会有任何希望。

成就，是最殊胜的供养

最好的学生，不是最听话的，而是最有成就的；同样，最好的供养，不是花费钱财最多的，而是努力修行最终成就的。

六祖惠能在五祖手下学习时，不过是厨房里的一个火头僧，家境贫寒，不可能有什么供养。但六祖却精进修行，成为一代高僧祖师，光耀了门庭。

当时供养五祖禅寺的，一定有很多有钱的人，但最终都不及六祖的供养大，六祖惠能不但自己成就，还发扬了禅宗思想，贡献极大。

我们提倡供养，利益众生又积累福德。但更提倡努力修行，只有二者兼备，才可能取得最殊胜的成就。

清静布施，功德不求自来

禅宗初祖达摩从印度来到中国，南朝皇帝梁武帝问达摩："我一生建寺、供僧、写经无数，到底有多少功德？"达摩回答："没有功德！"这是著名的禅宗公案，多数学佛人都知道。为什么达摩会这么回答呢？难道梁武帝做了这么多真的没有功德吗？

功德分世间功德和出世功德，世间功德就是人天福报，出世功德就是走出轮回得解脱的功德。达摩说梁武帝没有功德，是指没有出世功德，而不是说梁武帝没有世间功德，这点大家要清楚。梁武帝为佛教做了那么多事，世间的功德一定很大的。

另外，布施分为有相布施和无相布施，有相布施是指希求果报的布施，无相布施是指清静的不求果报的布施。有相布施也称有漏布施，得人天福报的功德。无相布施也称无漏布施，得解脱的出世功德。

梁武帝向达摩炫耀自己的作为，是有相布施，是有漏的，所以，达摩才那样回答他。

其实，功德也是佛的圆满本性，本来具足，不需要外求。我们做布施，做修行的功课，不过是让这种圆满的本性显现出来而已。所以，明白了这个道理，我们就清楚无论做哪种布施，只要你的内心清静，一点都不求回报，功德自会不求自来，并且这种功德是最大的，也是最圆满的。

不看众生过，反观修行心

恒顺众生，是学佛人的追求；不看众生过，是修行好坏的一把尺子。很多修行多年的人，还会时常说起身边人的是非过错，这就证明了他修行的程度不高，说明他还不精进，进步不大。谈论别人的是非，是我们人性的一大弱点，而专看别人的过错，更是我们修行的一大障碍。

恒顺众生有三个方面值得我们学佛人思考：

一、我们看到的过错未必是事实。凡夫因为无明，常常看不到事情真相，很容易被外相或形式所迷惑，就像我们只看到济公的疯癫、却看不到他活佛的本质。众生很容易走进这种自以为是的判断误区，曲解或误会了他人的行为。

二、恒顺众生是指具有足够的包容心。众生是凡夫，不是佛，所以，每个人都具有这样或那样的缺点，这是正常的，所以才需要修行、改正。我们对待在成佛途中的一切众生，都要有慈悲和包容心，给他们机会改错，才是我们修行人的胸怀。

三、看见别人过错，要学会反躬自省。孔子说过："见贤思齐焉，见不贤而内自省也。"看到别人的过错时，我们应马上反省自己有没有这样的问题，而不是急于去埋怨、谈论、传播。

当然，上师指出弟子的问题是另一回事情，这里就不谈了。总之，"不看众生过，反观修行心"是我们学佛人的态度和追求，当你不对任何一个众生的过错生起嗔恨心的时候，你就迈进了菩萨的境地……

把烦恼转化为开悟的智慧

烦恼对于没有开悟的人来说，就是活生生的烦恼，是令人讨厌的，他们选择应对的方式常常是逃避和嗔恨。这样做，烦恼很难解决，可能会持续不断，还可能再滋生出新的烦恼。

而对于开悟的人来说，烦恼就是该来的因果，该来的缘分。有一颗准备接纳的心，所以，就不会被突如其来的烦恼打蒙、搞乱。

烦恼一来，我们不要立刻去想着解决，而是应该立刻反省，反省这个烦恼为什么要来？人一经反省，烦恼就会少了一半，这时心也会安静起来，而不是被这个烦恼搅得心绪不宁。

反省之后，你就会懂得，烦恼不会无缘无故地来害你，而是你该要接受这个烦恼。有了这样的正念，烦恼就不那么烦恼你了。

冷静的反省之后，你很容易得到两种利益：

一、烦恼是来了缘的。烦恼是以前的因所成就的现在的果，你承担了这个果就是了断了那段缘。你甚至要庆幸现在了缘，否则，以后可能会让你更烦恼，痛苦。

二、烦恼是来给你智慧的。我们众生就是一个烦恼身，因为我们无明。我们突破无明增长智慧的主要手段，就是要通过烦恼转化成智慧，所谓烦恼即菩提。

因此，当你开悟之后，你一定会感谢人生中所有的烦恼，因为它们都是你通达智慧之门的钥匙，是你生命里最昂贵的礼物，是上天最慈悲的恩典。